星《ほし》のカービィ

メタナイトとあやつり姫《ひめ》

高瀬美恵《たかせみえ》・作
苅野《かりの》タウ・ぽと・絵

角川つばさ文庫

もくじ

キャラクター紹介《しょうかい》

カービィ

食《く》いしんぼうで
元気《げんき》いっぱい。
吸《す》いこんだ相手《あいて》の
能力《のうりょく》をコピーして使《つか》える。

メタナイト

常《つね》に仮面《かめん》をつけていて、
すべてが謎《なぞ》につつまれた剣士《けんし》。

ワドルディ

デデデ大王《だいおう》の部下《ぶか》で苦労人《くろうにん》。
カービィとは友《とも》だち。

ソードナイト

仕《つか》えるメタナイトを
とても尊敬《そんけい》している。

デデデ大王《だいおう》

自分勝手《じぶんかって》でわがままな、
自称《じしょう》プププランドの王様《おうさま》。

ブレイドナイト

メタナイトの部下《ぶか》。
ちょっと怒《おこ》りやすい。

マローナ姫《ひめ》

シフォン星《せい》の王女《おうじょ》。
ケーキが大好《だいす》き。

メレンゲール十三世《せい》

シフォン星《せい》の王様《おうさま》。やさしい性格《せいかく》。

ガリック男爵《だんしゃく》

正体《しょうたい》のわからない、闇《やみ》の紳士《しんし》。

1 シフォン星《せい》の事件《じけん》

飛《と》んでいる鳥《とり》も居眠《いねむ》りをしてしまいそうなほど平和《へいわ》な、プププランド。

そのプププランドにふさわしくないような、ちょっと危険《きけん》な雰囲気《ふんいき》の三人《にん》が歩《ある》いている。

三人《にん》とも、仮面《かめん》で顔《かお》をかくし、大《おお》きな剣《けん》を身《み》につけていた。

しかし、彼《かれ》らの会話《かいわ》は、見《み》た目《め》とは反対《はんたい》に平和《へいわ》そのもの。

「コックカワサキの腕前《うでまえ》って、そんなにすごいんですか、メタナイト様《さま》？」

「ああ、みごとなものだ」

「一度《いちど》、コックカワサキの料理《りょうり》を食《た》べてみたいな。ソードナイト、どう思《おも》う？」

「俺《おれ》は、メシなんて食《く》えればいい。味《あじ》にこだわるなんて、男《おとこ》らしくないぜ、ブレイドナイト」

真《ま》ん中《なか》を歩《ある》いているのは、謎《なぞ》につつまれた仮面《かめん》の剣士《けんし》メタナイト。その両《りょう》わきに従《したが》っているのは、彼《かれ》の部下《ぶか》のソードナイトとブレイドナイトだった。

「そうかな……戦士《せんし》にとって、食事《しょくじ》は大事《だいじ》だぞ」

「食《く》いしんぼうめ。そんなに食事《しょくじ》が好《す》きなら、メタナイト様《さま》の部下《ぶか》をやめて、デデデ大王《だいおう》にでも仕《つか》えてみたらどうだ？　大食《おおぐ》いで有名《ゆうめい》な大王《だいおう》なら、きっとおまえと気《き》が合《あ》うぜ！」

ソードナイトにからかわれて、ブレイドナイトは怒《おこ》りだした。

「馬鹿《ばか》を言《い》え！　俺《おれ》は、メタナイト様《さま》の第《だい》一の部下《ぶか》だぞ！　メタナイト様《さま》のもとを離《はな》れるわけがないだろ！」

「口《くち》をつつしめよ！　メタナイト様《さま》の第《だい》一の部下《ぶか》は俺《おれ》だ！」

「ふん、やるか、ソードナイト！」

「おうっ！」

「やめろ、二人《ふたり》とも。道《みち》の真《ま》ん中《なか》でケンカなんて、みっともない」

メタナイトは、二人《ふたり》の部下《ぶか》を静《しず》かにしかった。二人《ふたり》はピンと姿勢《しせい》を正《ただ》した。

「は、はい、もうしわけありません！」

「ケンカなんかじゃありません、ただの冗談《じょうだん》です！」

「それでいい。とにかく、あまり目立《めだ》つな。用事《ようじ》をすませて、さっさと帰《かえ》りたい」

「……ということは、メタナイト様《さま》」

ブレイドナイトがたずねた。

「せっかくプププランドに来《き》たのに、デデデ大王《だいおう》やカービィには会《あ》わずに帰《かえ》るんですか？」

「当然《とうぜん》だ。彼《かれ》らに見《み》つかったら、きっとまたトラブルに巻《ま》きこまれるからな……」

メタナイトが言《い》い終《お》わらないうちに、はずんだ声《こえ》がした。

「あ、メタナイトだ〜！　やっほ〜！」

「こんにちは〜、メタナイト様《さま》！」

「……」

ブレイドナイトとソードナイトは、こそこそとささやいた。

「あっというまに見《み》つかっちゃいましたね、メタナイト様《さま》」

「……ああ」

メタナイトはあきらめて足《あし》を止《と》め、振《ふ》り返《かえ》った。

うれしそうに手《て》を振《ふ》りながら駆《か》けよってきたのは、このプププランドの住人《じゅうにん》、カービィとワドルディだった。

カービィは、ピンク色《いろ》のまるいからだをした元気者《げんきもの》。おそろしく食《く》いしんぼうだが、性格《せいかく》はとてものんきで、やさしい。

ワドルディは、カービィの友《とも》だちで、デデデ大王《だいおう》の部下《ぶか》。つねにいがみ合《あ》っているカービィとデデデ大王《だいおう》にはさまれて、苦労《くろう》がたえない。

カービィは、ブレイドナイトとソードナイトを見《み》て、ふしぎそうに言《い》った。

「今日《きょう》は、メタナイトだけじゃないんだね。やっほー、なんとかナイトたち」

カービィの言葉《ことば》に、ブレイドナイトとソードナイトはたちまち怒《おこ》りだした。

「なんとかじゃないっ！　俺《おれ》たちはメタナイト様《さま》の忠実《ちゅうじつ》な部下《ぶか》だぞ」

「そうだ！　名前《なまえ》くらい覚《おぼ》えろ、なまいきなピンク玉《だま》め」

「なんだって！　ぼくはピンク玉《だま》じゃない、カービィだよ！」

今《いま》にもケンカを始《はじ》めそうなカービィを、ワドルディが止《と》めた。

「やめて、カービィ。そんなことより、メタナイト様《さま》、今日《きょう》はプププランドに何《なん》のご用《よう》ですか？　デデデ大王様《だいおうさま》に会《あ》いたいんですか？」

「いや、これっぽっちも。私《わたし》は、コックカワサキに会《あ》いに来《き》たんだ」

カービィが目《め》をかがやかせた。

「メタナイトたちも、ランチを食《た》べに行《い》くの？　ぼくとワドルディも、これからコックカワサキのレストランに行《い》くところだよ！」

「いや、そうではない。彼《かれ》に、頼《たの》みたいことがあるのだ」

「ふうん……？」

カービィとワドルディは、きょとんとして顔《かお》を見合《みあ》わせた。

「頼《たの》みごとって、何《なに》？」

「それは……話《はな》すと長《なが》くなりそうだ。とにかく、レストランへ行《い》こう」

一行《いっこう》は連《つ》れ立《だ》って、レストランに向《む》かった。

まだランチタイムには少《すこ》し早《はや》い時間《じかん》なので、コックカワサキのレストランは、すいていた。

客《きゃく》のいない店内《てんない》で、コックカワサキは椅子《いす》に腰《こし》かけ、けわしい顔《かお》で新聞《しんぶん》をにらんでいた。

「なんてことだ……心配《しんぱい》だなあ……」

彼《かれ》が、ひとりごとをつぶやいた時《とき》だった。

店《みせ》のドアが開《ひら》いて、ぞろぞろと一行《いっこう》が入《はい》ってきた。

「こんにちは、コックカワサキ！　ランチを食《た》べに来《き》たよー！」

「あ……ああ、いらっしゃい、カービィ、ワドルディ……」

新聞《しんぶん》から顔《かお》を上《あ》げたコックカワサキは、目《め》を大《おお》きく見開《みひら》いた。

「えっ、メタナイト様《さま》!?　それに、部下《ぶか》のなんとかナイトさんたちまで……」

「なんとかじゃないっ！」

ソードナイトとブレイドナイトは、剣《けん》に手《て》をかけた。メタナイトが静《しず》かに止《と》めた。

「ひかえろ。戦《たたか》いでもないのに剣《けん》を抜《ぬ》くのは、おろか者《もの》のすることだ」

「は、はいっ！　もうしわけありません！」

コックカワサキは、おっかなびっくり言《い》った。

「メタナイト様《さま》が食事《しょくじ》にいらっしゃるなんて、めずらしいですね」

「食事《しょくじ》をしに来《き》たのではないんだ。実《じつ》は、君《きみ》に注文《ちゅうもん》したいものがあってな」

「……注文《ちゅうもん》？」

「ああ。もうすぐ、ある人物《じんぶつ》の誕生日《たんじょうび》なのだ。そこで、プレゼント用《よう》の焼《や》き菓子《がし》を作《つく》って
もらえないだろうか」

「焼《や》き菓子《がし》……ですか」

「わあっ、いいな、いいな！」

カービィは目《め》をかがやかせて、メタナイトに飛《と》びついた。

「どんなお菓子《かし》？　チョコ味《あじ》？　バニラ味《あじ》？　はちみつ味《あじ》？」

「それは、コックカワサキにまかせようと……」

「塩味《しおあじ》もおいしいよね！　しょうゆ味《あじ》も！　ぼく、とんこつ味《あじ》も大好《だいす》き！」

「……カービィ。私《わたし》が注文《ちゅうもん》したいのは焼《や》き菓子《がし》であって、ラーメンでは……」

「トッピングは何《なに》にする⁉　イチゴ⁉　メロン⁉　ちくわ⁉」

「……」

「ぼく、たくあんもいいと思《おも》う！　色《いろ》がきれいだし！　食《た》べるとポリポリって、いい音《おと》がするし！」

ほうっておくと、どこまでも暴走《ぼうそう》しそう。

メタナイトは、片手《かたて》を上《あ》げてカービィを止《と》めた。

「……わかった、カービィ。君《きみ》の誕生日《たんじょうび》には、たくあんケーキをプレゼントすると約束《やくそく》しよう」

「ほんと!?　わーい、わーい！　ありがとう、メタナイト！」

よろこんではね回《まわ》るカービィをよけて、メタナイトはコックカワサキに言《い》った。

「プレゼントを贈《おく》る相手《あいて》は、以前《いぜん》に世話《せわ》になったことがある人物《じんぶつ》なのだ。だから、なるべく心《こころ》のこもったものを贈《おく》りたい。彼《かれ》はあまいものが大好《だいす》きだから、君《きみ》の力《ちから》を借《か》りるのがいちばんいいと思《おも》いついたのさ」

「なるほど……そんな大事《だいじ》なプレゼントを注文《ちゅうもん》してもらえるなんて、光栄《こうえい》です、メタナイト様《さま》！」

コックカワサキはうれしそうにうなずいた。

「腕《うで》によりをかけて、最高《さいこう》においしい焼《や》き菓《が》子《し》を作《つく》りますよ！」

「頼《たよ》りにしているぞ、コックカワサキ。実《じつ》を言《い》うと、その人物《じんぶつ》は有名《ゆうめい》な美食家《びしょくか》なのだ。君《きみ》なら知《し》っているかもしれないが、シフォン星《せい》という惑星《わくせい》の国王《こくおう》で……」

「……え!?」

コックカワサキは大声《おおごえ》を上《あ》げた。心《こころ》なしか、顔《かお》が青《あお》ざめたようだ。

ワドルディが言《い》った。

「シフォン星《せい》？　聞《き》いたことないですけど……」

「辺境《へんきょう》の小《ちい》さな星《ほし》なんだが、昔《むかし》からケーキ作《づく》りで有名《ゆうめい》だ。伝統《でんとう》あるパティシエ養成学校《ようせいがっこう》があり、これまでに数多《かずおお》くの名《めい》パティシエを世《よ》に送《おく》り出《だ》している」

「わあ……すてきですね！　その星《ほし》の王様《おうさま》にプレゼント……となると」

「舌《した》がこえた人物《じんぶつ》だから、ありふれた味《あじ》では満足《まんぞく》してもらえないと思《おも》う。とびきりおいしい菓子《かし》でなくてはな」

「コックカワサキのお菓子《かし》なら、きっと喜《よろこ》んでもらえますね」

ワドルディは笑顔《えがお》でコックカワサキを振《ふ》り返《かえ》ったが……コックカワサキの顔《かお》は、青《あお》ざめて、ひきつっていた。

メタナイトが言《い》った。

「顔色《かおいろ》が悪《わる》いぞ。どうかしたのか、コックカワサキ」

「メタナイト様《さま》。ひょっとして、まだご存《ぞん》じじゃないんですか」

コックカワサキは、先《さき》ほどまで読《よ》んでいた新聞《しんぶん》を取《と》り上《あ》げて、メタナイトに差《さ》し出《だ》した。

メタナイトは、けげんそうにたずねた。

「どういう意味《いみ》だ？」

「その新聞《しんぶん》を読《よ》んでください。シフォン星《せい》で、たいへんな事件《じけん》が起《お》きてるんです！」

「何《なに》……!?」

メタナイトは新聞《しんぶん》に目《め》を走《はし》らせた。仮面《かめん》にかくされた表情《ひょうじょう》はわからないが、雰囲気《ふんいき》が急《きゅう》にけわしくなった。

「これは……！」

「何《なに》が書《か》いてあるんですか、メタナイト様《さま》」

ソードナイトが心配《しんぱい》そうにたずねた。

食《く》い入《い》るように新聞《しんぶん》を見《み》つめているメタナイトに代《か》わって、コックカワサキが答《こた》えた。

「シフォン星《せい》の王女様《おうじょさま》が、行方不明《ゆくえふめい》になっているんだ」

「……ええっ!?」

ソードナイトとブレイドナイト、それにカービィとワドルディも、同時《どうじ》に声《こえ》をそろえて叫《さけ》んだ。

ソードナイトは、声《こえ》をふるわせて続《つづ》けた。

「王女《おうじょ》というと、マローナ姫様《ひめさま》のことだな……!?」

「ソードナイト、お姫様《ひめさま》のことを知《し》ってるの？」

カービィがたずねると、ソードナイトとブレイドナイトはうなずいた。

「ああ、以前《いぜん》、わけあってシフォン星《せい》をおとずれたことがあるからな」

「マローナ姫様《ひめさま》のことは、遠《とお》くからお見《み》かけしただけだが、とてもかわいい方《かた》だったぞ」

コックカワサキが言《い》った。

「そのお姫様《ひめさま》が、突然《とつぜん》、姿《すがた》を消《け》したんだって。シフォン星《せい》は、大《おお》さわぎになってるらしいよ」

「まさか、誘拐事件《ゆうかいじけん》……!?」

ワドルディが、ふるえ上《あ》がった。

コックカワサキは、きびしい表情《ひょうじょう》で言《い》った。

「くわしいことは、まだわからないんだ。ただ、王様《おうさま》はとても心《こころ》をいためていて、ベッドから起《お》き上《あ》がることもできなくなってしまったそうだ。もうすぐ王様《おうさま》の誕生日《たんじょうび》だけど、このまま王女様《おうじょさま》が見《み》つからなかったら、パーティは取《と》りやめになるってさ」

「……なんということだ」

メタナイトは、悔《くや》しさのにじむ声《こえ》でつぶやき、新聞《しんぶん》をぎゅっとにぎりしめた。

「私《わたし》としたことが、こんな大事件《だいじけん》を知《し》らなかったとは……それどころか、のんきに国王陛《こくおうへい》下《か》の誕生日《たんじょうび》プレゼントを考《かんが》えていたなど……一生《いっしょう》の不覚《ふかく》」

「メタナイト様《さま》……」

「コックカワサキ、先《さき》ほどの注文《ちゅうもん》だが」

「はい。取《と》り消《け》し……ですね?」

「まさか」

メタナイトは力強《ちからづよ》く言《い》い切《き》った。

「君《きみ》を頼《たよ》りにしているぞ。最高《さいこう》の焼《や》き菓子《がし》を作《つく》ってくれ」

「……え……でも……パーティは中止《ちゅうし》になるかも……って」

「中止《ちゅうし》になどさせるものか。王《おう》の誕生日《たんじょうび》までに、必《かなら》ず姫《ひめ》を救《すく》い出《だ》してみせる！」

言《い》い切《き》ったメタナイトを見《み》て、ソードナイトとブレイドナイトはガッツポーズを作《つく》った。

「かっこいい！　さすがはメタナイト様《さま》！」

「俺《おれ》たちも、もちろん、おともします！」

メタナイトは二人《ふたり》の部下《ぶか》にうなずきかけると、心配《しんぱい》そうなコックカワサキに言《い》った。

「私《わたし》は部下《ぶか》とともに、ただちにシフォン星《せい》へ向《む》かう。コックカワサキ、焼《や》き菓子《がし》ができあがったら、シフォン星《せい》に届《とど》けてくれ」

「は、はい！」

「メタナイト！　ぼくも行《い》くよ！」

カービィが、大声《おおごえ》で叫《さけ》んだ。

「お姫様《ひめさま》が心配《しんぱい》だもん！　早《はや》く助《たす》けてあげなくちゃ！」

「……カービィ。君《きみ》のやさしい心《こころ》をうたがうわけではないが」

メタナイトは、歩《ある》き出《だ》しながら言《い》った。

「よだれをふきたまえ。王女《おうじょ》の事件《じけん》より、シフォン星《せい》のケーキに目《め》がくらんでいるように見《み》えるぞ」

「そんなことないよーっ！　ぼくを、みくびらないでよ、メタナイト！」

「わかったから、よだれをふきたまえ」

ワドルディが、急《いそ》いで言《い》った。

「ぼくも行《い》きます、メタナイト様《さま》。お城《しろ》に戻《もど》って、デデデ大王様《だいおうさま》からお許《ゆる》しをもらってきます！　ちょっとだけ、待《ま》っててくださいね！」

ワドルディはレストランを飛《と》び出《だ》すと、デデデ城《じょう》の方角《ほうがく》へと走《はし》っていった。


戦艦《せんかん》ハルバード――。

それは、メタナイトが所有《しょゆう》する巨大《きょだい》な宇宙船《うちゅうせん》。

プププランドから旅立《たびだ》った一行《いっこう》は、戦艦《せんかん》ハルバードの中央《ちゅうおう》フロアに集《あつ》まり、大《おお》きな円卓《えんたく》を囲《かこ》んでいた。

「メタナイト様《さま》は、マローナ姫様《ひめさま》に会《あ》ったことがあるんですか?」

ワドルディがたずねた。

「一度《いちど》だけある。といっても、あいさつをしただけだが」

「どんなお姫様《ひめさま》でしたか?」

「評判《ひょうばん》どおりさ。おとなしくて、とても品《ひん》が良《よ》くて、父親思《ちちおやおも》いの少女《しょうじょ》だった」

「そんな王女《おうじょ》を誘拐《ゆうかい》するとは、断《だん》じて許《ゆる》せんな! オレ様《さま》が必《かなら》ず助《たす》け出《だ》すぞ!」

「……」

メタナイトは、となりの席《せき》に向《む》き直《なお》り、静《しず》かにたずねた。

「一つ聞《き》きたいのだが。なぜ君《きみ》までついて来《き》たのだ、デデデ大王《だいおう》」

デデデ大王《だいおう》は、椅子《いす》にふんぞり返《かえ》って答《こた》えた。

「わかりきったことを聞《き》くな。オレ様《さま》は正義《せいぎ》の味方《みかた》だからな！　こんな大事件《だいじけん》を放《ほう》っておけるわけがないだろう！」

「……よだれをふきたまえ」

デデデ大王《だいおう》は舌《した》なめずりをしながら、メタナイトのほうへ身《み》を乗《の》り出《だ》した。

「ワドルディから話《はなし》を聞《き》いて、これはオレ様《さま》の出番《でばん》だと思《おも》ったのだ！　オレ様《さま》が、必《かなら》ず王女《じょ》を助《たす》け出《だ》してやる。きさまの出番《でばん》はないぞ、メタナイト！」

「……君《きみ》は、シフォン星《せい》の場所《ばしょ》さえ知《し》らないだろう」

「知《し》るわけないわい。だが、シフォン星《せい》が『お菓子《かし》のパラダイス』と呼《よ》ばれるほど、うまい菓子《かし》で有名《ゆうめい》だってことは知《し》ってるぞ！」

デデデ大王《だいおう》は、とろけそうな笑顔《えがお》になった。

「マカロン姫《ひめ》を救《すく》い出《だ》せば、オレ様《さま》は英雄《えいゆう》の中《なか》の英雄《えいゆう》……」

「マローナ姫《ひめ》だ、デデデ大王《だいおう》」

「うるさい。感激《かんげき》した国王《こくおう》は、オレ様《さま》に最高《さいこう》のケーキをプレゼントしてくれるに違《ちが》いない。いや、それどころか、『永遠《えいえん》にケーキ食《た》べ放題券《ほうだいけん》』をくれるかも……！」

「一人占《ひとりじ》めなんて、ずるいぞ、デデデ大王《だいおう》！　『永遠《えいえん》にケーキとパフェ食《た》べ放題券《ほうだいけん》』はわたさないよ！」

カービィが、椅子《いす》の上《うえ》で飛《と》び上《あ》がって叫《さけ》んだ。

デデデ大王《だいおう》は、腕《うで》まくりをして答《こた》えた。

「おまえには負《ま》けんわい！　マロングラッセ姫《ひめ》を救《すく》い出《だ》すのは、このオレ様《さま》だ！」

「負《ま》けないぞ！　マロンパフェ姫《ひめ》は、ぜったいぼくが助《たす》けるからね！」

「……マローナ姫《ひめ》だ。いい加減《かげん》にしたまえ、君《きみ》たち」

メタナイトは、少々《しょうしょう》イラついた声《こえ》で二人《ふたり》をしかりつけた。

「私《わたし》の邪魔《じゃま》をするなら、このハルバードから下《お》りてもらうぞ」

「邪魔《じゃま》なんてしないよー！」

「そうだそうだ。オレ様《さま》の名推理《めいすいり》で、必《かなら》ず王女《おうじょ》を助《たす》け出《だ》すぞ！」

いつもは仲《なか》が悪《わる》いくせに、こういう時《とき》だけは呼吸《こきゅう》がぴったり合《あ》う、カービィとデデデ大《だい》王《おう》。

「ねー！」

「おー！」

二人《ふたり》が調子《ちょうし》よく、声《こえ》をそろえた時《とき》だった。

すさまじい衝撃《しょうげき》がおそいかかった。

円卓《えんたく》についていた全員《ぜんいん》が吹《ふ》き飛《と》ばされ、床《ゆか》に転《ころ》がった。

「な、なに――!?」

「襲撃《しゅうげき》か!?　宇宙海賊《うちゅうかいぞく》におそわれたのか!?」

「大王様《だいおうさま》ぁぁぁ！　こわいです――！」

ワドルディの泣《な》き声《ごえ》がひびく。

ソードナイトが、よろよろしながら立《た》ち上《あ》がった。

「くっ……またしても、やられた……」

ブレイドナイトも、体勢《たいせい》を立《た》て直《なお》して、荒々《あらあら》しくため息《いき》をついた。

「ああ、油断《ゆだん》したぜ……」

「どういうことなんだ!?　海賊《かいぞく》の襲撃《しゅうげき》なら、オレ様《さま》の出番《でばん》だぞ！」

勇《いさ》ましく叫《さけ》んだデデデ大王《だいおう》。

だが、メタナイトはあわてた様子《ようす》もなく、やれやれという口調《くちょう》で言《い》った。

「すまない、君《きみ》たち。これは、襲撃《しゅうげき》などではない。よくあることだ」

「よくある？　どういうことだ、メタナイト！　きさまの戦艦《せんかん》は、最新型《さいしんがた》じゃなかったのか!?」

「技術《ぎじゅつ》は確《たし》かに最新《さいしん》なんだが……」

メタナイトが説明《せつめい》しようとした時《とき》だった。

コックピットに通《つう》じているとびらが開《ひら》いて、するどい目《め》つきの男《おとこ》が入《はい》ってきた。

とがったクチバシがあり、頭《あたま》には白《しろ》い帽子《ぼうし》をかぶっている。

この戦艦《せんかん》ハルバードの責任者《せきにんしゃ》、バル艦長《かんちょう》である。

「メタナイト様《さま》、ワープ完了《かんりょう》ですぞ！　本艦《ほんかん》はまもなくシフォン星《せい》に到着《とうちゃく》します！」

「えっ、もう？　シフォン星《せい》って、ものすごく遠《とお》いはずなのに……！」

カービィが、おどろいて叫《さけ》んだ。

バル艦長《かんちょう》はカービィを見下《みお》ろして、自慢《じまん》げにうなずいた。

「どんな距離《きょり》でも一瞬《いっしゅん》で移動《いどう》できる超高度《ちょうこうど》・超最新《ちょうさいしん》テクノロジー、それがワープ航法《こうほう》だ！　この戦艦《せんかん》ハルバードに搭載《とうさい》されたワープ装置《そうち》は、宇宙一正確《うちゅういちせいかく》で、高機能《こうきのう》なのだ〜！」

「……バル艦長《かんちょう》。君《きみ》の手腕《しゅわん》は高《たか》く評価《ひょうか》するが」

メタナイトが、きびしく言《い》った。

「いつも、言《い》っているだろう。ワープを行《おこな》う時《とき》は、前《まえ》もって知《し》らせたまえ。ベルトでからだをしっかり固定《こてい》しないと危険《きけん》なのだぞ」

「なに、心配《しんぱい》ありませんぞ、メタナイト様《さま》！　戦艦《せんかん》ハルバードの乗組員《のりくみいん》は超優秀《ちょうゆうしゅう》、超頑丈《ちょうがんじょう》ですからな！　ワープぐらいでへこたれる者《もの》は一人《ひとり》もおりません！　わはは！」

「いや、乗組員《のりくみいん》ではなく、客《きゃく》のことを考《かんが》えてほしいと……」

メタナイトは三人《にん》の「客《きゃく》」、つまりカービィとデデデ大王《だいおう》とワドルディを見《み》た。

まだ床《ゆか》に転《ころ》がっているのはワドルディだけだった。カービィとデデデ大王《だいおう》は、手《て》を取《と》り合《あ》ってはしゃいでいる。

「キャッホー！　シフォン星《せい》だ、シフォン星《せい》だ〜！」

「ケーキだケーキだ〜！　マロングラッセとマロンパフェだ〜！」

「お菓子《かし》のパラダイス！　夢《ゆめ》のお菓子王国《かしおうこく》だ〜！」

「……」

メタナイトは、くるりとバル艦長《かんちょう》に向《む》き直《なお》った。

「前言《ぜんげん》を撤回《てっかい》する。やつらを客《きゃく》と思《おも》ったのがまちがいだった。あれは……積《つ》み荷《に》だ」

「了解《りょうかい》ですぞ、メタナイト様《さま》！　シフォン星着陸後《せいちゃくりくご》、積《つ》み荷《に》はテキトーに放《ほう》り出《だ》しておきます！」

「ああ、頼《たの》んだぞ、バル艦長《かんちょう》」
艦外《かんがい》モニターが、漆黒《しっこく》の闇《やみ》の中《なか》、赤紫色《あかむらさきいろ》に
輝《かがや》く美《うつく》しい星《ほし》を映《うつ》し出《だ》した。
お菓子《かし》のパラダイス、シフォン星《せい》。
それはまるで、宇宙空間《うちゅうくうかん》に浮《う》かび上《あ》がった、
一粒《ひとつぶ》のラズベリーのよう……。

2 国王《こくおう》の大事《だいじ》な話《はなし》

着陸《ちゃくりく》した戦艦《せんかん》ハルバードからテキトーに放《ほう》り出《だ》されたカービィとデデデ大王《だいおう》だが、もちろん、そのくらいのことではビクともしない。

首都《しゅと》の中央《ちゅうおう》にそびえ立《た》つ真《ま》っ白《しろ》な宮殿《きゅうでん》――シフォン城《じょう》を見《み》ると、二人《ふたり》は同時《どうじ》に飛《と》び上《あ》がって叫《さけ》んだ。

「あれがお菓子《かし》のお城《しろ》だね～！」

「突撃《とつげき》だ～！」

「待《ま》ちたまえ」

今《いま》にも駆《か》け出《だ》そうとする二人《ふたり》に、メタナイトが声《こえ》をかけた。

同時《どうじ》に、ソードナイトとブレイドナイトが飛《と》び出《だ》して、二人《ふたり》を力《ちから》ずくで引《ひ》き止《と》めた。

「忘《わす》れているようだが、私《わたし》たちの目的《もくてき》は王女《おうじょ》を救出《きゅうしゅつ》することだぞ。菓子《かし》が目的《もくてき》なら、君《きみ》たちとはここでお別《わか》れだ。ケーキ屋《や》でもクッキー屋《や》でも、好《す》きなだけ食《た》べ歩《ある》くがいい」

「そ、そんなこと言《い》わないでよ、メタナイト」

「そうだ、もちろんオレ様《さま》たちの目的《もくてき》は王女救出《おうじょきゅうしゅつ》だぞ！　オレ様《さま》を、ケーキに目《め》がくらむような食《く》いしんぼうと思《おも》ってもらっては困《こま》るわい！」

二人《ふたり》とも、正義感《せいぎかん》は人一倍強《ひといちばいつよ》い。王女《おうじょ》を助《たす》けたいという気《き》持《も》ちに、ウソはなかった。

……ただ、正義感《せいぎかん》と同《おな》じくらい食欲《しょくよく》が強《つよ》すぎるのが、ちょっと困《こま》りものなだけ。

「……まあ、いい。これから、国王《こくおう》に会《あ》いに行《い》く。失礼《しつれい》のないようにするんだぞ」

「はーい！」

カービィとワドルディは、すなおに手《て》をあげた。

デデデ大王《だいおう》は、えらそうにふんぞり返《かえ》った。

「まかせておけ。オレ様《さま》はプププランドの偉大《いだい》なる大王《だいおう》だ！　シフォン星《せい》の国王《こくおう》だろうがなんだろうが、相手《あいて》にとって不足《ふそく》はないわい！」

「腕《うで》まくりをするな！　戦《たたか》いに行《い》くのではないぞ！」

ともかく、メタナイトを先頭《せんとう》に、一行《いっこう》はシフォン城《じょう》に向《む》かった。

シフォン星《せい》の国王《こくおう》・メレンゲール十三世《せい》は、まるまると太《ふと》った、やさしそうな人物《じんぶつ》だった。

しかし、その表情《ひょうじょう》は暗《くら》く、目《め》に光《ひかり》が宿《やど》っていない。

ベッドから起《お》きられないほど弱《よわ》りきっているのだが、メタナイトがおとずれたと聞《き》いて、力《ちから》をふりしぼって出《で》むかえたのだった。両《りょう》わきを重臣《じゅうしん》たちに支《ささ》えられているけれど、足《あし》がふるえて、今《いま》にもたおれそうだった。

「よくぞ……来《き》てくださったな、メタナイト殿《どの》」

メレンゲール十三世《せい》は、弱々《よわよわ》しい声《こえ》で言《い》った。

「マローナ姫《ひめ》の事件《じけん》を知《し》り、急《いそ》いでかけつけたのだ。力《ちから》を落《お》とすな、王《おう》よ。マローナ姫《ひめ》は必《かなら》ず、私《わたし》が救《すく》い出《だ》す」

メタナイトの言葉《ことば》を聞《き》くと、メレンゲール十三世《せい》は目《め》をうるませ、ずらりと並《なら》んだ重臣《じゅうしん》たちを見回《みまわ》した。

「おまえたちは下《さ》がれ。わしは、メタナイト殿《どの》と大事《だいじ》な話《はなし》をせねばならぬ」

「はっ」

重臣《じゅうしん》たちは王《おう》を玉座《ぎょくざ》にすわらせると、頭《あたま》を下《さ》げて、広間《ひろま》から出《で》て行《い》った。

メレンゲール十三世《せい》は、心配《しんぱい》そうなまなざしをカービィたちに向《む》けた。

「ソードナイト殿《どの》とブレイドナイト殿《どの》は、メタナイト殿《どの》の部下《ぶか》であったな。しかし、後《うし》ろのお三方《さんかた》は、知《し》らぬ顔《かお》じゃ……」

カービィが、元気《げんき》よく答《こた》えた。

「ぼくらは、メタナイトの友《とも》だちだよ！　よく、いっしょに遊《あそ》んでるんだ！」

「……私《わたし》は君《きみ》たちと遊《あそ》んだ覚《おぼ》えは一度《いちど》もないが」

メタナイトがぼそりとつぶやいた言葉《ことば》は、さいわい、国王《こくおう》の耳《みみ》には入《はい》らなかったらしい。

メレンゲール十三世《せい》は、重《おも》いため息《いき》をついた。

「メタナイト殿《どの》のご友人《ゆうじん》であれば、心配《しんぱい》ないな。これから打《う》ち明《あ》ける話《はなし》は、とても重大《じゅうだい》なのだ。ぜったいに、ひみつを守《まも》っていただきたい」

「だいじょーぶ！　ぼく、ひみつを守《まも》るよ！」

「オレ様《さま》もだ。この口《くち》は、食《た》べること以外《いがい》には使《つか》わんわい」

国王《こくおう》は、ホッとしたようにうなずいた。

「……実《じつ》はな、わが国《くに》はじまって以来《いらい》の危機《きき》なのだよ」

「マローナ姫《ひめ》が誘拐《ゆうかい》されたことは聞《き》いている。犯人《はんにん》からの要求《ようきゅう》は……？」

「いや、それがな……」

メレンゲール十三世《せい》は、気《き》まずそうに目《め》をふせた。

「姫《ひめ》は、誘拐《ゆうかい》されたわけではないのだ」

「……何《なに》？」

「マローナは、自分《じぶん》の意志《いし》で出《で》て行《い》った。それを告《つ》げる書《か》きおきが、姫《ひめ》の部屋《へや》に残《のこ》されていたのだ」

国王《こくおう》は、ふところから一通《いっつう》の手紙《てがみ》を取《と》り出《だ》した。

メタナイトはそれを受《う》け取《と》って、読《よ》み上《あ》げた。

「『さよなら！　お父様《とうさま》なんか大《だい》っきらい！　お父様《とうさま》の思《おも》いどおりにはさせませんからね！　マローナ』……ふむ、これは……」

メタナイトは国王《こくおう》を見上《みあ》げ、少《すこ》しあきれたように言《い》った。

「親子《おやこ》げんかをしたのか？　それで姫《ひめ》がすねて、家出《いえで》してしまったというわけだな。なんだ……それなら心配《しんぱい》はない。きっと、すぐに反省《はんせい》して戻《もど》ってくるだろう」

ソードナイトとブレイドナイトは顔《かお》を見合《みあ》わせた。

「なんだ、誘拐《ゆうかい》ではなかったのか！」

「そのようだな……ホッとしたような、気《き》が抜《ぬ》けたような」

カービィとデデデ大王《だいおう》も、口々《くちぐち》に言《い》った。

「心配《しんぱい》することなかったね。よかった〜！」

「まったく、人騒《ひとさわ》がせだわい。これじゃ、オレ様《さま》の出番《でばん》がないわい」

「ケーキ食《た》べに行《い》こうよ、デデデ大王《だいおう》」

「そうしよう。行《い》くぞ、ワドルディ」

「はい！」

カービィたちが広間《ひろま》を出《で》ていこうとすると、国王《こくおう》が呼《よ》び止《と》めた。

「待《ま》ってくれ。話《はなし》は、これからなのだ」

「……というと？」

メタナイトが問《と》い返《かえ》した。

メレンゲール十三世《せい》は、うなだれて続《つづ》けた。

「誘拐《ゆうかい》よりも、もっと深刻《しんこく》な事態《じたい》なのだ。というのも、姫《ひめ》がわが国《くに》の宝《たから》を持《も》ち出《だ》してしまったのでな」

宝《たから》と聞《き》いて、カービィとデデデ大王《だいおう》の足《あし》が止《と》まった。

メタナイトがたずねた。

「宝《たから》とは何《なん》だ？」

「わが王家《おうけ》に代々《だいだい》伝《つた》わっている、秘伝《ひでん》のレシピブックだ。ケーキやクッキーなどのレシピが、数千種類《すうせんしゅるい》も記《しる》されている」

王《おう》の言葉《ことば》を聞《き》いて、カービィとデデデ大王《だいおう》は飛《と》び上《あ》がった。

「ケーキのレシピが!?」

「数千種類《すうせんしゅるい》、だと!?」

「そうだ。複雑《ふくざつ》な味《あじ》わいを生《う》み出《だ》す、極上《ごくじょう》のレシピばかりだ。わがシフォン星《せい》のケーキが宇宙一《うちゅういち》と言《い》われているのは、そのレシピブックのおかげなのだ。いつもは、王立《おうりつ》ケーキ工場《こうじょう》の金庫《きんこ》に保管《ほかん》されていて、部外者《ぶがいしゃ》は近《ちか》づけない。マローナは、それを持《も》ち出《だ》してしまったのだ」

「なんと……」

メタナイトは考《かんが》えこんだ。

「姫《ひめ》は、なぜ、そのようなことを？」

「さては、ケーキ屋《や》をひらいて大《おお》もうけする気《き》だな！」

デデデ大王《だいおう》が推理《すいり》を披露《ひろう》した。

カービィも負《ま》けてはいない。思《おも》いついたことを叫《さけ》んだ。

「宇宙一《うちゅういち》のケーキを山《やま》ほど作《つく》って、パーティ

をするつもりなんだよ、きっと！　ぼくも行《い》きたいよー！　パーティ、パーティ！」

ソードナイトが言《い》った。

「まさか。おまえたちではあるまいし」

ブレイドナイトもうなずいて、賛成《さんせい》した。

「あの上品《じょうひん》な姫様《ひめさま》が、そんな食《く》い意地《いじ》のはった計画《けいかく》を立《た》てるものか」

「……何《なに》か、事情《じじょう》がありそうだな」

メタナイトがつぶやくと、

「そのとおり！」

メレンゲール十三世《せい》は、身《み》を乗《の》り出《だ》してうなずいた。

「マローナはとてもすなおで、やさしくて、口《くち》ごたえなど一度《いちど》もしたことがない良《よ》い子《こ》だった。だが、そのマローナが、急《きゅう》に変《か》わってしまったのだ……」

「……何《なに》？」

「しばらく前《まえ》から、わしとあまり口《くち》をきいてくれなくなった。たまに口《くち》を開《ひら》けば、文句《もんく》ばかり言《い》うようになってな」

メレンゲール十三世《せい》は、かなしげに目《め》をふせた。

「文句《もんく》？」

「うむ。あまいものはからだに良《よ》くないとか、国民《こくみん》がみんな虫歯《むしば》になってしまうとか、ケーキ作《づく》りを禁止《きんし》するべきだとか」

「えー!?」

カービィはびっくりして、大声《おおごえ》を上《あ》げた。

「ケーキを作《つく》っちゃダメっていうこと？　なんで!?　ケーキのない世界《せかい》なんて、メープルシロップがかかってないホットケーキと同《おな》じだよ！」

大王《だいおう》も、大《おお》きな足《あし》で床《ゆか》をふみならして叫《さけ》んだ。

「そうだそうだ！　イチゴがのっていないショートケーキみたいなものだ！」

「ダイコンが入《はい》ってないおでんだよね！」

「うむ！　肉《にく》が入《はい》ってないすき焼《や》き同然《どうぜん》だ！」

「……食《た》べ物《もの》のたとえは、もういい」

ほうっておくとキリがないので、メタナイトが止《と》めた。

「ふしぎだ。なぜ、マローナ姫《ひめ》は急《きゅう》にそんなことを？」

「わからない。だが、わしは、ある人物《じんぶつ》があやしいとにらんでいる」

「ある人物《じんぶつ》？」

「うむ。何《なん》か月《げつ》か前《まえ》に、突然《とつぜん》この星《ほし》にやって来《き》た男《おとこ》だ」

国王《こくおう》は、いまいましげに顔《かお》をゆがめた。

「身《み》なりがよく、礼儀正《れいぎただ》しい。しかも話《はな》じょうずで、みなに好《す》かれた。由緒《ゆいしょ》ある家柄《いえがら》だと聞《き》いたので、すっかり信用《しんよう》してしまったのだが……」

「その男《おとこ》が、何《なに》か？」

「マローナとともに、姿《すがた》を消《け》しているのだ」

王《おう》は、くやしそうに手《て》を握《にぎ》りしめた。

「思《おも》い返《かえ》してみると、あの男《おとこ》は、最初《さいしょ》からマローナにやさしかった。言葉《ことば》たくみにマローナに近《ちか》づき、わしの悪口《わるくち》を吹《ふ》きこんだにちがいない。すなおなマローナは、あの男《おとこ》にすっかりだまされてしまったのだ！」

「その男《おとこ》の特徴《とくちょう》は？」

「うむ……背《せ》が高《たか》くて、とてもエレガントだ。ふるまいが紳士的《しんしてき》で、人《ひと》をひきつける魅力《みりょく》がある。男爵《だんしゃく》と呼《よ》ばれておった。それで、すっかり信用《しんよう》してしまったのだが……」

「男爵《だんしゃく》、だと？」

ふいに、メタナイトの声《こえ》がきびしくなった。

ソードナイトとブレイドナイトは息《いき》をのみ、メタナイトに向《む》き直《なお》った。

「男爵《だんしゃく》……！」

「メタナイト様《さま》、まさか、あいつでは……!?」

メタナイトは、メレンゲール十三世《せい》につめ寄《よ》った。

「なんという名《な》なのだ、その男《おとこ》は！」

「ガリック男爵《だんしゃく》だ」

その名《な》を聞《き》くと、ソードナイトとブレイドナイトは飛《と》び上《あ》がった。

二人《ふたり》とも、今《いま》にも剣《けん》を抜《ぬ》きそうな剣幕《けんまく》。怒《いか》りに声《こえ》をふるわせて、叫《さけ》んだ。

「ガリック……やつが、またしても悪事《あくじ》を！」

「メタナイト様《さま》！　こうしてはいられません！」

「おちつけ、おまえたち」

メタナイトは手《て》を上《あ》げ、部下《ぶか》たちを止《と》めた。

いつもなら、メタナイトの命令《めいれい》にはすぐに従《したが》う二人《ふたり》だが、この怒《いか》りはどうしてもおさえられない。激《はげ》しく言《い》い張《は》った。

「おちついてなんて、いられません！　ガリックめ……！」

「今度《こんど》という今度《こんど》は、にがすものか！　メタナイト様《さま》、行《い》きましょう！」

「おちつけというのだ！」

メタナイトはきびしく部下《ぶか》たちをしかりつけた。

興奮《こうふん》していたソードナイトとブレイドナイトは、ハッとして身《み》をすくめた。

「も、もうしわけありません、メタナイト様《さま》……」

「やつをにくむ気持《きも》ちは、私《わたし》も同《おな》じだ。だからこそ、冷静《れいせい》にふるまわなくては。手《て》がかりもなしに飛《と》び出《だ》しても、どうにもならないぞ」

メタナイトたちのやりとりを聞《き》いていたカービィが、たずねた。

「ねえ、どういうこと？　そのガリックってやつのこと、知《し》ってるの？」

「……ああ。やつとは、いささか因縁《いんねん》がある」

メレンゲール十三世《せい》は、おろおろして、たずねた。

「どのような因縁《いんねん》が？　やはり、やつは悪《わる》い人物《じんぶつ》なのか……？」

「きわめて危険《きけん》だ」

メタナイトは、苦《にが》い記憶《きおく》をかみしめるように、うなずいた。

「王《おう》よ。今回《こんかい》の事件《じけん》は、かつて私自身《わたしじしん》の身《み》に起《お》きた事件《じけん》とよく似《に》ている」

「なんと……？」

「私《わたし》の忠実《ちゅうじつ》な部下《ぶか》たちが、やつの標的《ひょうてき》とされたことがあったのだ」

メタナイトは、ゆっくり、ソードナイトとブレイドナイトを振《ふ》り返《かえ》った。

二人《ふたり》は、恥《は》じいったように、うつむいている。沈黙《ちんもく》ののち、やっと顔《かお》を上《あ》げたのは、ブレイドナイトだった。

「なさけない事件《じけん》だったが……かくしていてもしかたがない。恥《はじ》をしのんで、話《はな》そう」

ソードナイトも言《い》った。

「ああ。今回《こんかい》の事件《じけん》の解決《かいけつ》につながるかもしれないからな」

「俺《おれ》とソードナイトは、あるとき、立《た》ち寄《よ》った星《ほし》のレストランで、ガリック男爵《だんしゃく》と名乗《なの》る男《おとこ》に出会《であ》ったんだ……！」

ブレイドナイトは、こみ上《あ》げてくる怒《いか》りをおさえるように、言葉《ことば》を切《き》った。

ソードナイトが続《つづ》けた。

「とてもエレガントで、気前《きまえ》のいい男《おとこ》だと思《おも》った。そのときはな。なにしろ、高級《こうきゅう》な服《ふく》に身《み》をつつみ、店《みせ》じゅうの客《きゃく》にごちそうを大《おお》ばんぶるまい。なんでも好《す》きなものを注文《ちゅうもん》していいと言《い》われた」

「えっ！　みんなに、おごってくれたっていうこと!?」

カービィは、ひっくり返《かえ》りそうなほど興奮《こうふん》した。

デデデ大王《だいおう》も、身《み》をのり出《だ》した。

「なんという星《ほし》の、なんというレストランだ!?　オレ様《さま》もおごられたいわい～！」

「だ、大王様《だいおうさま》。恥《は》ずかしいです……」

ワドルディが赤《あか》くなって、大王《だいおう》の服《ふく》のすそを引《ひ》っぱった。

ソードナイトが言《い》った。

「だが、それはとんでもないワナの始《はじ》まりだったのさ。やつは、最初《さいしょ》から俺《おれ》たち二人《ふたり》を標《ひょう》的《てき》にして、近《ちか》づいてきたんだ」

「……どうして？」

「ねらいは、メタナイト様《さま》がお持《も》ちの宝剣《ほうけん》ギャラクシア」

全員《ぜんいん》の目《め》が、メタナイトに吸《す》い寄《よ》せられた。

メタナイトは、静《しず》かに剣《けん》を抜《ぬ》いてみせた。抜《ぬ》き身《み》の宝剣《ほうけん》ギャラクシアは、シャンデリアの光《ひかり》を受《う》けて、まばゆいばかりにかがやいた。

彼《かれ》はすぐにその剣《けん》を鞘《さや》におさめたが、その美《うつく》しいかがやきは、みんなの目《め》に焼《や》きつけられるほどだった。

「きれいだねえ……」

カービィがつぶやくと、ソードナイトは、自分《じぶん》のことのように得意《とくい》げに言《い》った。

「ああ、宇宙一《うちゅういち》の名剣《めいけん》さ！　ガリック男爵《だんしゃく》め、あの剣《けん》を手《て》に入《い》れようとたくらんだのだ」

「それで、おまえらに近《ちか》づいたのか」

デデ大王《だいおう》が問《と》うと、二人《ふたり》はうなずいた。

「その夜《よる》は、ガリックに礼《れい》を言《い》って別《わか》れた。そして次《つぎ》の晩《ばん》、また別《べつ》の店《みせ》で会《あ》ったのだ」

「偶然《ぐうぜん》だと思《おも》ったが、そうではなかった。やつは、俺《おれ》たちの行動《こうどう》をチェックしてたんだ」

「話《はなし》をするうちに、すっかり打《う》ちとけた。何《なに》しろやつは、話《はなし》じょうずで、人《ひと》の気《き》をひくのがうまい」

「おろかにも、俺《おれ》たちは、やつの言葉《ことば》をすっかり信《しん》じこんでしまったんだ」

「言葉《ことば》……？」

「やつは、メタナイト様《さま》のことを悪《あ》しざまにののしった」

ソードナイトは、怒《いか》りをあらわに言《い》った。

ブレイドナイトがうなずいた。

「メタナイトは宇宙《うちゅう》の平和《へいわ》を乱《みだ》し、征服《せいふく》をたくらんでいる大悪人《だいあくにん》……退治《たいじ》しなければたいへんなことになる……俺《おれ》たちに、そう吹《ふ》きこんだんだ」

「なんだって！」

カービィは、びっくり。ワドルディも、目《め》をまるくした。

「そんなこと、信《しん》じちゃったんですか～!?　いくら、ごちそうされたからって！」

「いや、ちがう」

否定《ひてい》したのは、メタナイトだった。

「ふだんの二人《ふたり》なら、そんな言葉《ことば》に耳《みみ》をかすはずはない。だが、ガリックは特別《とくべつ》な術《じゅつ》を使《つか》ったらしいのだ」

「術《じゅつ》……？　どんな？」

「それが、よく覚《おぼ》えてないんだ」

ソードナイトが言《い》うと、ブレイドナイトもうなずいた。

「ガリックからメタナイト様《さま》の悪口《わるくち》を吹《ふ》きこまれ、すっかり信《しん》じてしまった……それは確《たし》かなんだが、その前後《ぜんご》の記憶《きおく》があいまいだ」

「気《き》がついたら俺《おれ》たちはメタナイト様《さま》のギャラクシアをぬすみ、ガリックに届《とど》けていた」

全員《ぜんいん》、言葉《ことば》も失《うしな》って、ソードナイトとブレイドナイトを見《み》つめた。

メタナイトが言《い》った。

「そのとき、私《わたし》に力《ちから》を貸《か》してくれたのが、あの大盗賊《だいとうぞく》ドロッチェだった。彼《かれ》はさすがに、犯罪者《はんざいしゃ》の世界《せかい》にくわしい。ガリックという男《おとこ》は、これまでにいくつもの犯罪《はんざい》にかかわった疑《うたが》いがあると教《おし》えてくれた」

「疑《うたが》い……？」

「ああ。やつはけっして証拠《しょうこ》を残《のこ》さない。だから、疑《うたが》いとしか言《い》えないのだ」

メタナイトは、いまいましげに言《い》った。

「そのときは、ドロッチェの協力《きょうりょく》のおかげで、なんとかこの二人《ふたり》を正気《しょうき》に返《かえ》すことができた。ギャラクシアも無事《ぶじ》に戻《もど》ってきた」

ブレイドナイトが、うなずいた。

「ドロッチェさんは、さすがに百戦錬磨《ひゃくせんれんま》。ガリックの手口《てぐち》もよく知《し》っていた」

「おそらく、催眠術《さいみんじゅつ》のようなものだろうということだ。やつは、強力《きょうりょく》な催眠術《さいみんじゅつ》で、二人《ふたり》の心《こころ》をあやつったのだ」

「ハッ！　催眠術《さいみんじゅつ》なんて、おろか者《もの》がかかるものだわい」

デデデ大王《だいおう》は、おなかをかかえて大笑《おおわら》いした。

ブレイドナイトとソードナイトは、キッとなって大王《だいおう》につめ寄《よ》った。

「俺《おれ》たちが油断《ゆだん》していたことはみとめるが、おろか者《もの》なんて言《い》われる筋合《すじあ》いはないぞ！」

「ガリックの使《つか》う術《じゅつ》は強力《きょうりょく》なんだ。おまえだって、きっと、のがれられないぞ！」

「ハハハッ！　オレ様《さま》をだれだと思《おも》っている。プププランドの偉大《いだい》なる支配者《しはいしゃ》、このデデデ大王様《だいおうさま》が、くだらん催眠術《さいみんじゅつ》なんかにかかるものか！」

「なんだと、えらそうに……！」

今《いま》にもケンカになりそうな三人《にん》を、メタナイトが止《と》めた。

「やめろ、仲間割《なかまわ》れをしている場合《ばあい》ではない。あのとき、ガリックを取《と》り逃《に》がしてしまったことが、心残《こころのこ》りだった。やつは、ねらった宝《たから》を手《て》に入《い》れるためなら、手段《しゅだん》を選《えら》ばない。

きっとまた悪事《あくじ》をはたらくだろうと心配《しんぱい》していたのだが……」

「……なんということ！」

メレンゲール十三世《せい》は、顔《かお》をおおってなげいた。

「マローナも同《おな》じ手口《てぐち》で、心《こころ》をあやつられてしまったのだ。そしてわしをにくみ、大事《だいじ》なレシピブックを持《も》ち出《だ》したのだ！」

「そのようだな」

メタナイトは、メレンゲール十三世《せい》に向《む》き直《なお》った。

「そうとわかったら、ほうってはおけない。一刻《いっこく》も早《はや》く、マローナ姫《ひめ》を助《たす》け出《だ》さなくては」

「うむ、行《い》こう……！」

メレンゲール十三世《せい》は、よろめきながら立《た》ち上《あ》がろうとしたが、メタナイトが止《と》めた。

「王《おう》はからだが弱《よわ》っている。無理《むり》をしてはいけない」

「しかし、むすめが……！」

「ここは私《わたし》にまかせてくれ。ガリック男爵《だんしゃく》は、私《わたし》にとってもにくむべき敵《てき》。必《かなら》ずやつを倒《たお》し、姫《ひめ》を助《たす》ける」

ソードナイトとブレイドナイトも、こぶしを突《つ》き上《あ》げてちかった。

「あのときのうらみ、晴《は》らすぞ！」

「マローナ姫《ひめ》を助《たす》けて、今度《こんど》こそやつをこらしめてやる！」

たのもしい言葉《ことば》を聞《き》いて、王《おう》は目《め》をうるませた。

「……メタナイト殿《どの》……部下《ぶか》のお二人《ふたり》……どうか、頼《たの》みましたぞ……」

「ぼくも行《い》くよ！」

カービィが叫《さけ》んだ。

「そんな悪《わる》いやつ、ゆるせないよ！　ぜったい、つかまえて、とっちめてやる！」

「オレ様《さま》も行《い》くぞ」

デデデ大王《だいおう》が、カービィよりも大《おお》きく声《こえ》を張《は》り上《あ》げた。

「オレ様《さま》は、悪《あく》をにくみ正義《せいぎ》を愛《あい》する大王《だいおう》だからな！　人《ひと》の心《こころ》をあやつるようなやつは、ほうっておけんわい！」

いさましく言《い》い切《き》ったあとで、デデデ大王《だいおう》は付《つ》け加《くわ》えた。

「お礼《れい》のことは気《き》にせんでいいぞ、メレンゲ王《おう》」

「……わしは、メレンゲール十三世《せい》だ」

「まあ、どうしてもと言《い》うなら、『永遠《えいえん》にケーキ食《た》べ放題券《ほうだいけん》』を受《う》け取《と》ってやってもいいがな。べつに、ほしいと言《い》ってるわけではないぞ。ただ、オレ様《さま》はケーキが大好《だいす》きだということは覚《おぼ》えておいてほしいわい。ケーキだけじゃなく、フルーツもプリンもババロアもゼリーも……」

「デデデ大王《だいおう》！　行《い》くぞ！」

今《いま》にもメレンゲール十三世《せい》に抱《だ》きつきそうになっているデデデ大王《だいおう》を、メタナイトがひきはがした。

「頼《たの》みますぞ、メタナイト殿《どの》。どうか、マローナを……」

広間《ひろま》を出《で》て行《い》く一行《いっこう》を、メレンゲール十三世《せい》は、なみだのにじむ目《め》で見送《みおく》った。

３ ガリック男爵《だんしゃく》とマローナ姫《ひめ》

「このシフォン星《せい》にあるケーキ屋《や》さんの数《かず》は、なんと１９９２軒《けん》！　…ううん、今年《ことし》になって４２７軒《けん》も増《ふ》えてるから、あわせて２４１９軒《けん》！」

まんまる顔《がお》の女《おんな》の子《こ》が、メモ帳《ちょう》をにらみながら言《い》った。

「あまりにも多《おお》すぎるわ。だからこの星《ほし》には、太《ふと》った人《ひと》と虫歯《むしば》の人《ひと》が多《おお》いのよ！」

「同感《どうかん》だ、心《こころ》やさしき姫《ひめ》よ」

あいづちを打《う》ったのは、上品《じょうひん》な身《み》なりの、背《せ》の高《たか》い紳士《しんし》だった。

細長《ほそなが》い顔《かお》に、ピンととがった口《くち》ひげをはやしている。口《くち》もとには、たえず、ほほえみが浮《う》かべられている。

しかし、その目《め》はまるで刃物《はもの》のようにするどかった。とりつくろっていても、眼光《がんこう》の冷《つめ》たさはかくせない。

彼《かれ》の名《な》は、ガリック男爵《だんしゃく》。男爵《だんしゃく》と名乗《なの》っているが、その正体《しょうたい》はいっさい不明《ふめい》。星《ほし》から星《ほし》へとわたり歩《ある》いて貴重《きちょう》な宝物《たからもの》を盗《ぬす》み出《だ》す、闇《やみ》の紳士《しんし》である。

彼《かれ》といっしょにいる少女《しょうじょ》は、このシフォン星《せい》の王女《おうじょ》、マローナ姫《ひめ》。色白《いろじろ》で、ぱっちりと大《おお》きな目《め》をしている。頭《あたま》につけた大《おお》きなリボンは、今《いま》はなき母上《ははうえ》からゆずられた形見《かたみ》の品《しな》だった。

あまいお菓子《かし》とかわいいものが大好《だいす》きな、心《こころ》やさしい女《おんな》の子《こ》……なのだが、今《いま》はまるで別人《べつじん》のように目《め》を光《ひか》らせ、こわい顔《かお》をしていた。

二人《ふたり》は、シフォン城《じょう》から少《すこ》しはなれた下町《したまち》の一軒家《いっけんや》にひそんでいる。ガリック男爵《だんしゃく》が用《よう》意《い》した隠《かく》れ家《が》だ。

大《おお》きなソファに腰《こし》かけたガリック男爵《だんしゃく》は、ささやくように小《ちい》さな声《こえ》で言《い》った。

「国王《こくおう》メレンゲール十三世《せい》は、この星《ほし》の住民《じゅうみん》たちをすべて虫歯《むしば》にする気《き》なのだ。自分《じぶん》は歯《は》医者《いしゃ》と手《て》を組《く》み、大《おお》もうけをたくらんでいる……」

「ゆるせない！」

マローナ姫《ひめ》は、部屋《へや》を歩《ある》き回《まわ》りながら、ほおをふくらませた。

「わたし、お父様《とうさま》のこと、りっぱな王様《おうさま》だって信《しん》じてたわ。わがシフォン星《せい》に伝《つた》わる伝統《でんとう》のレシピを大事《だいじ》に守《まも》り続《つづ》けてる、えらい人《ひと》だって……でも、まちがってた！」

「そのとおりだ、かしこき姫《ひめ》よ」

「あまいものだらけのレシピブックなんて……みんなを不幸《ふこう》にするだけだわ」

マローナ姫《ひめ》は足《あし》を止《と》め、テーブルの上《うえ》におかれた本《ほん》を見《み》た。

大《おお》きく、ぶ厚《あつ》く、古《ふる》びた本《ほん》。これこそ、シフォン星《せい》の王家《おうけ》に古《ふる》くから伝《つた》わる、国宝《こくほう》のレシピブックだった。姫《ひめ》が、男爵《だんしゃく》にそそのかさ

れて、王立《おうりつ》ケーキ工場《こうじょう》から持《も》ち出《だ》したものだ。

「大昔《おおむかし》から伝《つた》えられてきた、大切《たいせつ》なレシピブックだっていうけど……こんなものがあるから、わが星《ほし》はケーキ屋《や》だらけなのよ！」

姫《ひめ》は、ますますけわしい顔《かお》になった。

「こんなもの、燃《も》やしてしまいましょう、ガリック男爵《だんしゃく》！」

「いや、それはいけないいな、心正《こころただ》しき姫《ひめ》よ」

ガリック男爵《だんしゃく》は、そう言《い》って立《た》ち上《あ》がった。

「悪《わる》いのはその本《ほん》ではなく、それを利用《りよう》して金《かね》もうけをたくらむ国王《こくおう》だ。レシピブックに罪《つみ》はない」

「でも……」

「その本《ほん》は、我《わ》が輩《はい》があずかろう。我《わ》が輩《はい》ならば、国王《こくおう》のようなまちがった使《つか》い方《かた》はしないからね」

「……そうね。あなたなら信用《しんよう》できます、ガリック男爵《だんしゃく》」

姫《ひめ》はうなずき、なにげなく、レシピブックを開《ひら》いてみた。

本《ほん》の最初《さいしょ》の部分《ぶぶん》には、シフォン星《せい》におけるケーキの歴史《れきし》がくわしくつづられている。そのあとに、美《うつく》しいイラストつきのレシピがずらりと続《つづ》く。

まゆをひそめて、ぱらぱらとページをめくっていた姫《ひめ》の手《て》が、ふと止《と》まった。

「あ、これは……」

姫《ひめ》は、ごくりとつばを飲《の》みこんだ。けわしかった表情《ひょうじょう》が、一瞬《いっしゅん》、やわらいだ。

「木《き》の実《み》とリンゴをたっぷりちりばめたフルーツケーキ……！　わが星《ほし》の名産品《めいさんひん》のリンゴを使《つか》ったケーキだわ。王立《おうりつ》ケーキ工場《こうじょう》の、自慢《じまん》の一品《いっぴん》よ。小《ちい》さいころ、よく、お母様《かあさま》といっしょに食《た》べたっけ……お母様《かあさま》はこのケーキが大好《だいす》きだった……」

姫《ひめ》の声《こえ》が、急《きゅう》に悲《かな》しげになった。

ガリック男爵《だんしゃく》は、すばやく姫《ひめ》のかたに手《て》をかけて、振《ふ》り向《む》かせた。

男爵《だんしゃく》は、上着《うわぎ》の内《うち》ポケットから、赤《あか》くかがやく宝石《ほうせき》を取《と》り出《だ》した。

サクランボぐらいの大《おお》きさの、みごとな宝石《ほうせき》だ。まるで、炎《ほのお》を封《ふう》じこめたかのように、ギラギラと光《ひか》っている。

「よく見《み》たまえ、姫《ひめ》よ。この美《うつく》しきマリス・ストーンが、君《きみ》のけがれた心《こころ》を清《きよ》めてくれるだろう」

姫《ひめ》の目《め》は、赤《あか》い宝石《ほうせき》にくぎづけになった。みるみるうちに、姫《ひめ》の表情《ひょうじょう》が変《か》わっていった。

怒《いか》りをこめて、姫《ひめ》は叫《さけ》んだ。

「小《ちい》さいころ、あんなに毎日《まいにち》ケーキを食《た》べなければよかった！　わたし、本当《ほんとう》は、ケーキなんて少《すこ》しも好《す》きじゃないのに！」

「もちろん、そうだろう、つつしみ深《ぶか》き姫《ひめ》よ。あなたは、国王《こくおう》の邪悪《じゃあく》な計画《けいかく》のせいで、むりやりケーキを食《た》べさせられたのだ」

「なんてことでしょう……！」

マローナ姫《ひめ》は、怒《いか》りに満《み》ちた目《め》でガリック男爵《だんしゃく》を見《み》た。

「お父様《とうさま》は国王《こくおう》の座《ざ》にふさわしくありません。今《いま》すぐ、退位《たいい》すべきです！」

「そのとおり」

「王《おう》の座《ざ》にふさわしいのは、あなたです、ガリック男爵《だんしゃく》」

マローナ姫《ひめ》は男爵《だんしゃく》を見《み》つめて言《い》った。

ガリック男爵《だんしゃく》は、「ほう……」とつぶやき、目《め》を細《ほそ》めた。

「これはこれは……光栄《こうえい》だ、美《うつく》しきマローナ姫《ひめ》。王座《おうざ》か……フム、悪《わる》くない」

ガリック男爵《だんしゃく》は姫《ひめ》に背《せ》を向《む》けた。その顔《かお》に浮《う》かんだほほえみは、かぎりなく邪悪《じゃあく》だった。

マローナ姫《ひめ》は言《い》った。

「わたしは、ただちに国民《こくみん》を救《すく》わなければなりません。虫歯《むしば》の原因《げんいん》となるケーキを、すべて、ほろぼさなくては！」

「……何《なに》？」

「わがシフォン星《せい》にあるケーキ屋《や》を、一つのこらず焼《や》きはらうのです！　行《い》きますよ、ガリック男爵《だんしゃく》！」

マローナ姫《ひめ》は、すばやく部屋《へや》を走《はし》り出《で》ていった。

取《と》り残《のこ》されたガリック男爵《だんしゃく》は、皮肉《ひにく》な顔《かお》で、かたをすくめた。

「やれやれ。おとなしい姫君《ひめぎみ》だとばかり思《おも》っていたのに。王宮《おうきゅう》では、猫《ねこ》をかぶっていただけか。とんだ、おてんばだ」

男爵《だんしゃく》は、テーブルの上《うえ》におかれたレシピブックに目《め》を向《む》けた。

「こいつさえ手《て》に入《はい》れば、わがまま王女《おうじょ》なんかに付《つ》き合《あ》ってやることはないんだが……王《おう》座《ざ》となると話《はなし》が別《べつ》だ。マローナ姫《ひめ》のやつ、どうやら本気《ほんき》で、我《わ》が輩《はい》を王《おう》にする気《き》らしい」

男爵《だんしゃく》は、のけぞって大笑《おおわら》いした。

「我《わ》が輩《はい》が国王《こくおう》か！　おもしろくなってきたぞ。どれ、もう少《すこ》しばかり、おてんば王女《おうじょ》に付《つ》き合《あ》ってやるとしよう」

ガリック男爵《だんしゃく》は、マローナ姫《ひめ》を追《お》って、部屋《へや》を出《で》て行《い》った。


さて、一方《いっぽう》、メタナイトたちは――。

マローナ姫《ひめ》の手《て》がかりを探《さが》すために、宮殿《きゅうでん》の人《ひと》たちに話《はなし》を聞《き》いていた。

「信《しん》じられませんわ。あのマローナ姫様《ひめさま》が、こんなことをなさるなんて……」

やつれた表情《ひょうじょう》でそう話《はな》したのは、マローナ姫《ひめ》が生《う》まれたときから仕《つか》えているという侍女《じじょ》だった。

メタナイトが言《い》った。

「王《おう》によれば、マローナ姫《ひめ》は最近急《さいきんきゅう》に、態度《たいど》が変《か》わってしまったそうだな」

「そうなのです。あんなに心《こころ》やさしく、父上思《ちちうえおも》いだった姫様《ひめさま》が……まるで別人《べつじん》のように冷《つめ》たくなってしまって。そればかりか、あんなにお好《す》きだったケーキを、にくむようになって……」

侍女《じじょ》は、そっと、なみだをぬぐった。

「王立《おうりつ》ケーキ工場《こうじょう》ではたらく者《もの》たちにまで、心《こころ》ない言葉《ことば》を浴《あ》びせられました。おまえたちが作《つく》ったケーキのせいで、国民《こくみん》がみんな虫歯《むしば》になり、苦《くる》しんでいる……などと」

「虫歯《むしば》？」

「はい。マローナ姫様《ひめさま》は、なぜか、国王陛下《こくおうへいか》がわざと国民《こくみん》を虫歯《むしば》にし、大《おお》もうけをたくらんでいると思《おも》いこんでしまったのです」

「それは、おかしい」

メタナイトがつぶやくと同時《どうじ》に、その背後《はいご》で、かんだかい声《こえ》が上《あ》がった。

「おかしい、お菓子《かし》い～！　このお菓子《かし》、おかし～！　じゃなくて、おいし～！」

「次《つぎ》はそっちのシュークリームと、ショートケーキをくれ。もっと、もっとだ！　じゃんじゃん持《も》ってこい～！」

カービィとデデデ大王《だいおう》が、次々《つぎつぎ》にケーキを運《はこ》ばせて、食《た》べ散《ち》らかしている。王宮《おうきゅう》の給仕《きゅうじ》係《かかり》だけでは人手《ひとで》が足《た》りず、ワドルディまで手伝《てつだ》わされていた。

侍女《じじょ》は、心配《しんぱい》そうな目《め》で二人《ふたり》を見《み》た。

「あの……メタナイト様《さま》。失礼《しつれい》ですが……あのご友人《ゆうじん》たち、さっきから少《すこ》し食《た》べすぎでは……」

「あれは友人《ゆうじん》ではない。積《つ》み荷《に》だ。気《き》にしないでくれ」

「……はあ？」

「それより、話《はなし》の続《つづ》きを聞《き》かせてほしい。メレンゲール十三世《せい》は、国民《こくみん》を虫歯《むしば》から守《まも》るため、いろいろな策《さく》をねっているはずだが」

「そのとおりです。あまいお菓子《かし》を作《つく》るだけではいけない、国民《こくみん》の健康《けんこう》を守《まも》るのが王《おう》のつとめ。それが、陛下《へいか》の信念《しんねん》なのです」

「なるほどな……」

「陛下《へいか》は『虫歯防止法《むしばぼうしほう》』という法律《ほうりつ》まで作《つく》って、正《ただ》しい歯《は》みがきの方法《ほうほう》を国民《こくみん》に教《おし》えています。それでも虫歯《むしば》になってしまった者《もの》のために、研究《けんきゅう》も進《すす》められています。わが国《くに》の歯《し》科技術《かぎじゅつ》は、宇宙一《うちゅういち》ですわ」

「うむ。実《じつ》は、私《わたし》の部下《ぶか》が世話《せわ》になったことがある」

メタナイトは、背後《はいご》にひかえているブレイドナイトを振《ふ》り返《かえ》った。

ブレイドナイトは、はずかしそうに語《かた》った。

「俺《おれ》が虫歯《むしば》に苦《くる》しんだときのことだ。虫歯《むしば》の治療《ちりょう》ならシフォン星《せい》がいちばんだと聞《き》いて、駆《か》けこんだんだ」

「あのときのおまえは、見《み》ものだったな！虫歯《むしば》ごときで、ぴーぴー泣《な》いて」

ソードナイトが笑《わら》うと、ブレイドナイトは躍《おど》り上《あ》がって怒《おこ》った。

「なんだと、話《はなし》を大《おお》げさにするな！泣《な》いてなんかいないぞ！」

「いや、泣《な》いてた。痛《いた》い痛《いた》いって、転《ころ》げ回《まわ》ってたじゃないか」

「う、うるさい！　おまえだって、虫歯《むしば》になったらわかるさ。想像《そうぞう》をぜっする、あの痛《いた》み……！」

「――とにかく」

と、メタナイトが話《はなし》をもとに戻《もど》した。

「その際《さい》、メレンゲール十三世《せい》にはたいへん世話《せわ》になったのだ」

「名高《なだか》きメタナイト様《さま》のお願《ねが》いですから、陛下《へいか》も親身《しんみ》になられたのですわ」

「王《おう》が長年《ながねん》にわたり、虫歯《むしば》の研究《けんきゅう》に力《ちから》を注《そそ》がれてきたおかげで、すぐれた技術《ぎじゅつ》が生《う》まれたというわけだ。私《わたし》は、王《おう》への感謝《かんしゃ》と尊敬《そんけい》の気持《きも》ちから、誕生日《たんじょうび》のパーティには必《かなら》ず駆《か》けつけようと考《かんが》えたのだが……」

「そのパーティも、姫様《ひめさま》が戻《もど》られない限《かぎ》り、中止《ちゅうし》になりそうですわ……」

侍女《じじょ》は、目《め》になみだをうかべた。

メタナイトが言《い》った。

「姫《ひめ》をそそのかした男《おとこ》について、教《おし》えてほしい」

「そのかした……？」

「ああ。ガリック男爵《だんしゃく》という男《おとこ》が、姫《ひめ》を連《つ》れ去《さ》ったらしいが……」

その名《な》を聞《き》くと、侍女《じじょ》は急《きゅう》に顔《かお》をこわばらせた。

「まあ、なんてことをおっしゃるのです！　ガリック男爵様《だんしゃくさま》のせいではありませんわ！」

「……なんだと？」

「男爵様《だんしゃくさま》は、ごりっぱな方《かた》です。とても上品《じょうひん》で、感《かん》じがよくて、おやさしくて……」

侍女《じじょ》は、うっとりして手《て》を組《く》み合《あ》わせた。

ソードナイトとブレイドナイトは、すばやくメタナイトを見《み》た。

メタナイトは、部下《ぶか》たちに手《て》ぶりで「だまっていろ」と合図《あいず》をした。

侍女《じじょ》は気《き》づかず、うかれたような声《こえ》で続《つづ》けた。

「男爵様《だんしゃくさま》は、わたくしの目《め》をさましてくださったんですよ！」

「……どういうことだ」

「わたくし、邪悪《じゃあく》な心《こころ》をもつ妹《いもうと》と、きっぱり縁《えん》を切《き》ったんですの」

侍女《じじょ》の顔《かお》つきが、急《きゅう》に変《か》わった。

やさしかった顔《かお》が赤《あか》くそまり、目《め》つきがけわしくなった。意地《いじ》の悪《わる》そうな笑《え》みを浮《う》かべて、侍女《じじょ》は続《つづ》けた。

「妹《いもうと》は、この王宮《おうきゅう》で侍女見習《じじょみなら》いとして働《はたら》いていました。わたくしの手伝《てつだ》いをするふりをしながら、実《じつ》は、わたくしをけおとすチャンスをねらってたんですわ！」

「……」

「わたくしを踏《ふ》み台《だい》にして、姫様《ひめさま》の正式《せいしき》な侍女《じじょ》の座《ざ》をうばう気《き》だったんです！　なんて、ずるい子《こ》でしょう！　わたくしったら、何《なに》も気《き》づかずに妹《いもうと》をかわいがっていました。でも、男爵様《だんしゃくさま》がわたくしに教《おし》えてくださったんです。妹《いもうと》の本当《ほんとう》の姿《すがた》を！」

「……」

メタナイトは無言《むごん》で、侍女《じじょ》を見《み》つめている。仮面《かめん》の奥《おく》にかくされた目《め》が、するどく光《ひか》った。

ソードナイトもブレイドナイトも、つらそうにうなだれていた。二人《ふたり》も、かつて、この侍女《じじょ》と同《おな》じように男爵《だんしゃく》にあやつられ、メタナイトに対《たい》するにくしみをつのらせたのだった。

侍女《じじょ》は、興奮《こうふん》して続《つづ》けた。

「わたくし、妹《いもうと》にきっぱり言《い》いました！　あんたなんか、もう二度《にど》と会《あ》いたくない、絶《ぜっ》交《こう》だって！　侍女見習《じじょみなら》いをやめさせ、王宮《おうきゅう》から追《お》い出《だ》してやりました！」

「しっかりしたまえ！」

いきなり、メタナイトが声《こえ》を荒《あら》らげた。

侍女《じじょ》は、びっくりして身《み》をすくめた。メタナイトは、声《こえ》をおちつけて続《つづ》けた。

「君《きみ》の妹《いもうと》は、本当《ほんとう》にそんな邪悪《じゃあく》な性格《せいかく》なのか？　思《おも》い出《だ》すんだ、妹《いもうと》と仲良《なかよ》くしていた日々《ひび》を」

「仲良《なかよ》く……なんて……それは、わたくしが妹《いもうと》にだまされていただけで……」

「よく思《おも》い出《だ》したまえ」

メタナイトの重々《おもおも》しい声《こえ》を聞《き》くと、侍女《じじょ》はとまどったように、手《て》を胸《むね》に当《あ》てた。

「妹《いもうと》とわたくしは……こどものころから……仲良《なかよ》しで……でも……あれは……妹《いもうと》がわたくしを利用《りよう》するために……ウソを……」

侍女《じじょ》は、力《ちから》なくうなだれてしまった。

「いいえ、ちがうわ。あの子《こ》は、ウソなんか言《い》わない。だれより正直《しょうじき》で、やさしい子《こ》だもの……」

「……」

「どうしたんでしょう？　わたくし、どうして妹《いもうと》のことをうたがったり……変《へん》だわ……なぜ、絶交《ぜっこう》だなんて言《い》ってしまったんでしょう！」

侍女《じじょ》は息《いき》をのみ、混乱《こんらん》したように頭《あたま》をおさえた。

メタナイトは言《い》った。

「どうやら、君《きみ》もやつのワナにかけられたようだな」

「ワナ……？」

「ガリックは人《ひと》の心《こころ》をあやつる。親《した》しい人《ひと》たちの仲《なか》を引《ひ》きさき、にくしみを植《う》えつけるのだ」

「……そんな……！」

侍女《じじょ》は青《あお》ざめた。

「何《なん》のために、そんなことを？」

「理由《りゆう》などない。人々《ひとびと》がにくみ合《あ》い、やさしい心《こころ》を失《うしな》っていくのを見《み》て、大笑《おおわら》いしているだけだ。それが、やつの楽《たの》しみなのさ」

メタナイトの声《こえ》は静《しず》かだったが、その底《そこ》に、はげしい怒《いか》りがこめられていた。

「王女《おうじょ》も同《おな》じワナにかかったのだ。それで、王《おう》をにくみ、ケーキをにくむようになった」

「なんということでしょう！　おかわいそうな姫様《ひめさま》！」

侍女《じじょ》は、信《しん》じられないというように、目《め》を見開《みひら》いた。

「人《ひと》の心《こころ》をあやつるなんて、なんておそろしい……男爵《だんしゃく》は、いったい、どうやってわたくしや姫様《ひめさま》の心《こころ》を……」

「何《なに》か覚《おぼ》えていないか？　君《きみ》の心《こころ》ににくしみを吹《ふ》きこんだとき、男爵《だんしゃく》は何《なに》をした？　どんな言葉《ことば》を口《くち》にした？」

「……」

侍女《じじょ》は考《かんが》えこんだが、あきらめたように首《くび》を振《ふ》った。

「思《おも》い出《だ》せません。考《かんが》えようとすると、頭《あたま》の中《なか》がモヤモヤして……」

「同《おな》じです、俺《おれ》たちの時《とき》と」

ブレイドナイトが、メタナイトにささやいた。

「思《おも》い出《だ》そうとすると、頭《あたま》にもやがかかったように、ぼんやりしてしまうのです」

メタナイトはうなずいた。

「ガリック男爵《だんしゃく》は、人《ひと》の心《こころ》をあやつるばかりか、その記憶《きおく》さえもうばうのだ。手《て》ごわい敵《てき》だ」

侍女《じじょ》は、両手《りょうて》を組《く》み合《あ》わせて、いのるようにメタナイトを見《み》た。

「メタナイト様《さま》、どうか、マローナ姫様《ひめさま》を助《たす》けてください！」

「ああ、必《かなら》ず」

メタナイトはうなずいた。

「マローナ姫《ひめ》があらわれそうな場所《ばしょ》に、心当《こころあ》たりはないか？　姫《ひめ》が好《す》きだった場所《ばしょ》とか、思《おも》い出《で》の場所《ばしょ》とか」

「そうですわね。姫様《ひめさま》がいちばんお好《す》きだったケーキ屋《や》さんなら、王宮《おうきゅう》の東《ひがし》の、バニラ通《どお》りにありますけど……」

「何《なに》か手《て》がかりがつかめるかもしれない。そこに行《い》ってみる」

「はい！」

うなずいた二人《ふたり》の部下《ぶか》に、メタナイトは言《い》った。

「おまえたちは来《こ》なくていい」

「え？　しかし、メタナイト様《さま》……」

「ここは、私一人《わたしひとり》で十分《じゅうぶん》だ。おまえたちは引《ひ》きつづき情報《じょうほう》を集《あつ》めろ。あらたな知《し》らせが入《はい》ったら、すばやく現場《げんば》に向《む》かえ」

「……はい！」

二人《ふたり》は、決意《けつい》をみなぎらせて、うなずいた。

メタナイトがマントをひるがえそうとすると、侍女《じじょ》が、おずおずと言《い》った。

「あのう……メタナイト様《さま》。一つ、お願《ねが》いが……」

「なんだ」

「ご友人《ゆうじん》……じゃなくて積《つ》み荷《に》のお二人《ふたり》を、どうにかしていただけませんか？　このままでは、王宮《おうきゅう》じゅうの食《た》べ物《もの》が、食《た》べつくされてしまいます」

侍女《じじょ》の心配《しんぱい》は、もっともだった。

カービィとデデデ大王《だいおう》にとって、この星《ほし》はまさにパラダイス。メタナイトたちの会話《かいわ》などそっちのけで、王立《おうりつ》ケーキ工場《こうじょう》から運《はこ》ばれてくるケーキやお菓子《かし》を、かたっぱしから食《た》べまくっている。

「もっともっと〜！　次《つぎ》はエクレアとチョコレートケーキが食《た》べたーい！」

「オレ様《さま》はシュークリームおかわりだ！　こんな小《ちい》さなお皿《さら》じゃ、もの足《た》りんわい。バケツで持《も》ってこい、特大《とくだい》バケツで！」

「君《きみ》たち！　いい加減《かげん》にしたまえ！」

メタナイトは二人《ふたり》をどなりつけた。

「姫《ひめ》の救出《きゅうしゅつ》に協力《きょうりょく》しないなら、今《いま》すぐ帰《かえ》りたまえ！　わがハルバードで、プププランドまで送《おく》り返《かえ》してやるぞ！」

「ま、待《ま》って、メタナイト。ぼくら、マローナ姫《ひめ》のことを考《かんが》えてたんだよ！」

「そうだ。犯人《はんにん》の行動《こうどう》を推理《すいり》するために、ケーキの味《あじ》を調査《ちょうさ》していたんだ！」

「……意味《いみ》がわからん。とにかく、いっしょに来《き》たまえ！」

この二人《ふたり》を連《つ》れて行《い》くより、一人《ひとり》で調査《ちょうさ》を進《すす》めたほうがよほど楽《らく》なのだが、ほうっておいたらますます王宮《おうきゅう》に迷惑《めいわく》をかけてしまう。

メタナイトは、まだケーキに未練《みれん》たらたらのカービィとデデデ大王《だいおう》の手《て》をつかんで、テーブルから引《ひ》きはがした。

4 二人《ふたり》との再会《さいかい》

「バニラ通《どお》り十二番地《ばんち》のケーキ屋《や》……ここか」

侍女《じじょ》から教《おし》えられた番地《ばんち》をたよりに、メタナイトたちはケーキ屋《や》にやって来《き》た。

明《あか》るい店内《てんない》は、たくさんの客《きゃく》でにぎわっている。ショーウィンドウには、色《いろ》とりどりのケーキが並《なら》べられていた。どれも、おいしそうなものばかり。

「マローナ姫《ひめ》はこの店《みせ》のケーキが大好《だいす》きで、毎日《まいにち》のように通《かよ》っていたそうだ」

「催眠術《さいみんじゅつ》のせいで、そんなに好《す》きだったケーキを、きらいになってしまうなんて……お姫《ひめ》様《さま》、かわいそうですね……」

ワドルディが、しょんぼりして顔《かお》をくもらせた。

デデデ大王《だいおう》は、「フン」と鼻《はな》を鳴《な》らした。

「催眠術《さいみんじゅつ》ごときでケーキをきらいになるなんて、信《しん》じられんわい。そんなやつに、ケーキを食《た》べる資格《しかく》はない！」

「いや、それほどまでに、ガリック男爵《だんしゃく》の術《じゅつ》が強力《きょうりょく》だということだ。君《きみ》たちも油断《ゆだん》をすると、やられるぞ」

「フン！　オレ様《さま》が、催眠術《さいみんじゅつ》なんかにかかるものか！」

あいかわらず、強気《つよき》なデデデ大王《だいおう》。

「ねえねえ、そんなことより、早《はや》くお店《みせ》に入《はい》ろうよ～」

カービィが、メタナイトの手《て》を引《ひ》っぱった。

「カービィ、私《わたし》たちは姫《ひめ》の手《て》がかりを探《さが》しに来《き》たのだ。ケーキを食《た》べに来《き》たのではない」

「わかってるって！　さあ、調査《ちょうさ》、調査《ちょうさ》～！」

カービィは真《ま》っ先《さき》にケーキ屋《や》に飛《と》びこんでいった。

「あ、待《ま》て、カービィ！　ぬけがけは許《ゆる》さん！」

デデデ大王《だいおう》もカービィを追《お》いかける。

メタナイトは大《おお》きなため息《いき》をついた。

「やれやれ……やはり、連《つ》れてくるのではなかったな。ワドルディ、せめて君《きみ》だけでも協《きょう》力《りょく》してくれ」

「はい、メタナイト様《さま》」

メタナイトはワドルディをともなって店《みせ》に入《はい》った。すぐに、店員《てんいん》が声《こえ》をかけてきた。

「いらっしゃいませ！　窓《まど》ぎわのお席《せき》へどうぞ！」

「いや、ケーキを食《た》べに来《き》たわけではない。私《わたし》は、マローナ姫《ひめ》を探《さが》しているのだ。この店《みせ》によく来《き》ていたそうだが、話《はなし》を聞《き》かせてくれないか」

「マローナ姫様《ひめさま》……？」

その名《な》を聞《き》くと、店員《てんいん》は悲《かな》しげな顔《かお》になった。

「まだ、行方《ゆくえ》がわからないんですね……心配《しんぱい》です」

「姫《ひめ》は、毎日《まいにち》のようにこの店《みせ》をおとずれていたそうだな」

「はい。いつもあの窓《まど》ぎわの席《せき》に座《すわ》って、ケーキを召《め》し上《あ》がっていました」

店員《てんいん》は、大《おお》きなガラス窓《まど》のそばの席《せき》を指《ゆび》さした。

「マローナ姫様《ひめさま》は、みんなから愛《あい》されるお姫様《ひめさま》。いつでもどこでも、注目《ちゅうもく》のまとです。その姫様《ひめさま》が気《き》に入《い》ってくださったので、当店《とうてん》は大評判《だいひょうばん》になったのです。当店《とうてん》がシフォン星《せい》でいちばんの人気店《にんきてん》になったのは、姫様《ひめさま》のおかげなんです」

「なるほど」

「姫様《ひめさま》のことが、とても心配《しんぱい》です。今《いま》ごろ、どこで、何《なに》をしていらっしゃるのか……」

店員《てんいん》がそう言《い》ったとき、店《みせ》のドアが開《ひら》いた。

店員《てんいん》は顔《かお》を上《あ》げた。

「いらっしゃいま……ああ!?」

店員《てんいん》の目《め》が大《おお》きく見開《みひら》かれた。

店《みせ》に入《はい》ってきたのは、まんまるい顔《かお》をした、かわいらしい少女《しょうじょ》だった。頭《あたま》に、大《おお》きなリボンをつけている。

店員《てんいん》はのけぞって、大声《おおごえ》を上《あ》げた。

「ひ、姫様《ひめさま》ぁ！　マローナ姫様《ひめさま》じゃありませんか！　ご無事《ぶじ》で……！」

店内《てんない》にいた客《きゃく》たちも、みんな、歓声《かんせい》を上《あ》げた。

店員《てんいん》は、両手《りょうて》を広《ひろ》げて駆《か》けよろうとしたが、姫《ひめ》のするどい目《め》でにらみつけられて、足《あし》を止《と》めた。

マローナ姫《ひめ》は、冷《つめ》たい声《こえ》で言《い》った。

「近《ちか》づかないで！」

「え？　姫様《ひめさま》？　あの……」

「なんていまいましい、あまったるい匂《にお》いかしら！　国民《こくみん》を虫歯《むしば》にする、悪《あく》の店《みせ》だわ！」

「は……はあ!?」

「こんな店《みせ》、ゆるしません！」

姫《ひめ》は叫《さけ》ぶやいなや、ショーウィンドウにかざってあるケーキをすばやく手《て》に取《と》り、床《ゆか》にたたきつけた。

美《うつく》しいデコレーションがくずれ、生《なま》クリームが飛《と》び散《ち》った。

あまりのことに、店員《てんいん》は声《こえ》も出《だ》せずにいる。その間《あいだ》に、マローナ姫《ひめ》は二つ目《め》のケーキを手《て》にしていた。

「こんなもの……！」

姫《ひめ》は、それを壁《かべ》に向《む》かって投《な》げつけようとした。

とっさに姫《ひめ》の前《まえ》に立《た》ちはだかったのは、メタナイトだった。

「やめたまえ、マローナ姫《ひめ》」

おちついた声《こえ》を聞《き》くと、マローナ姫《ひめ》はびっくりしたように動《うご》きを止《と》めた。

「あなたは……前《まえ》に会《あ》ったことがあるわね。メタナイト……」

「覚《おぼ》えていてくれたとは光栄《こうえい》だ、姫《ひめ》」

たちまち、マローナ姫《ひめ》の目《め》がつり上《あ》がった。

「そこをどいて！　邪魔《じゃま》をするなら、ただじゃおかないから……！」

「気《き》を確《たし》かにもちたまえ。ここは、あなたがいちばん好《す》きだったケーキ屋《や》だろう」

「どいてったら……！」

姫《ひめ》は怒《いか》りをこめて叫《さけ》ぶと、メタナイトめがけてケーキを投《な》げつけた。

メタナイトはすばやく飛《と》び上《あ》がってかわした。ケーキは、メタナイトの後《うし》ろにいたデデデ大王《だいおう》のおなかにぶつかった。

「おおお!?」

クリームまみれになってしまったデデデ大王《だいおう》は、奇声《きせい》を上《あ》げた。

その大王《だいおう》よりも、もっと大《おお》きな声《こえ》を上《あ》げたのは、カービィだった。

「何《なに》をするんだ！　デデデ大王《だいおう》にケーキをぶつけるなんて……！」

カービィはカンカンに怒《おこ》って叫《さけ》ぶと、姫《ひめ》の前《まえ》に飛《と》び出《だ》した。

「もったいない！　投《な》げるなら、ぼくに投《な》げてよ！　さあ！」

カービィは大《おお》きく口《くち》をあけた。

デデデ大王《だいおう》が、カービィを押《お》しのけた。

「でしゃばるな！　ここはオレ様《さま》の出番《でばん》だ！　さあ、マローナ姫《ひめ》、もう一度《いちど》投《な》げろ！　今《こん》度《ど》は、腹《はら》じゃなく口《くち》で受《う》け止《と》めてやるぞ！」

デデデ大王《だいおう》も、カービィとならんで口《くち》をあけた。

思《おも》いもよらない二人《ふたり》の反応《はんのう》に、マローナ姫《ひめ》は目《め》をぱちくりさせた。

「な、なんなのよ、あなたたち？　わたしは、この邪悪《じゃあく》なケーキ屋《や》をこわしに来《き》たのよ！　邪魔《じゃま》しないで！」

姫《ひめ》はケーキを両手《りょうて》に持《も》って、めちゃくちゃに投《な》げつけ始《はじ》めた。

ケーキは宙《ちゅう》を飛《と》び、まったく関係《かんけい》ない客《きゃく》に当《あ》たった。

「うわあ！　やめてください、姫様《ひめさま》！」

生《なま》クリームまみれになってしまった客《きゃく》は、頭《あたま》をかかえて床《ゆか》につっぷした。

たちまち、店内《てんない》は大混乱《だいこんらん》。飛《と》び散《ち》った生《なま》クリームで足《あし》をすべらせる者《もの》もいれば、クリームが目《め》に入《はい》ってしまって泣《な》き出《だ》す者《もの》もいる。中《なか》には、興奮《こうふん》のあまり、姫《ひめ》に向《む》かってケーキを投《な》げ返《かえ》す客《きゃく》もいた。

カービィとデデデ大王《だいおう》は、大《おお》よろこび。宙《ちゅう》を飛《と》ぶケーキを、かたっぱしから口《くち》で受《う》け止《と》めた。

「もっともっと〜！　こっちこっち！　たくさん投《な》げて〜！」

「どけ、カービィ！　オレ様《さま》のケーキだぞ！　横取《よこど》りするな！」

「負《ま》けないよ〜！」

一方《いっぽう》、メタナイトは、飛《と》びかうケーキをよけながら、マローナ姫《ひめ》の背後《はいご》に回《まわ》りこんだ。

ケーキを投《な》げることに夢中《むちゅう》のマローナ姫《ひめ》は、気《き》づいていない。

姫《ひめ》が特大《とくだい》のケーキを頭上《ずじょう》にかかげた瞬間《しゅんかん》、メタナイトはすばやくその手《て》を取《と》り押《お》さえた。

「やめるんだ、マローナ姫《ひめ》」

マローナ姫《ひめ》は、キッと目《め》をつり上《あ》げて振《ふ》り返《かえ》った。

「メタナイト！　邪魔《じゃま》をしないでって言《い》ったでしょう！　わたしは、このケーキ屋《や》をこわしてやるって決《き》めたんだから！」

「ばかなことはやめるんだ」

「ばかですって!?　失礼《しつれい》な！　わたしをだれだと思《おも》っているの!?」

「伝統《でんとう》あるシフォン王家《おうけ》の一人《ひとり》むすめ、ほこり高《たか》きマローナ姫《ひめ》……のはずだが」

メタナイトは、ふっと笑《わら》った。

「今《いま》は、ただの乱暴《らんぼう》なばかものにしか見《み》えない」

「なんですって——!?　失礼《しつれい》なやつ！」

マローナ姫《ひめ》は、メタナイトの手《て》を思《おも》いっきり振《ふ》りほどいて、ケーキを投《な》げつけようと身《み》がまえた。

メタナイトは少《すこ》しもあわてずに、言《い》った。

「よく見《み》たまえ、マローナ姫《ひめ》。あなたがめちゃくちゃにしたこの店《みせ》を」

「……なんですって？」

「床《ゆか》に投《な》げ捨《す》てられ、踏《ふ》みにじられたケーキを見《み》て、何《なに》も感《かん》じないというのか？」

「……！」

マローナ姫《ひめ》は店内《てんない》を見回《みまわ》し、ハッとした。

「あなたが大好《だいす》きだったケーキ屋《や》が、このありさまだ。パティシエが心《こころ》をこめて焼《や》き上《あ》げたケーキを、あなたは台《だい》なしにしたのだぞ」

メタナイトの声《こえ》が、少《すこ》しけわしくなった。

マローナ姫《ひめ》は、呆然《ぼうぜん》として、立《た》ちつくしていた。

ケーキをたくさんぶつけられて、顔《かお》も服《ふく》も生《なま》クリームまみれになっている。口《くち》のまわりについたクリームをぺろっとなめると、姫《ひめ》はつぶやいた。

「……あ……あま……い……」

「……マローナ姫《ひめ》？」

「あまくて……おいし……これ……お母様《かあさま》が好《す》きだった……」

姫《ひめ》の目《め》に、ひとしずくのなみだが浮《う》かんだ。

姫《ひめ》のなみだを見《み》ると、大《おお》さわぎしていた店内《てんない》の人々《ひとびと》は、ハッとして動《うご》きを止《と》めた。

「姫様《ひめさま》……」

「マローナ様《さま》！」

「だいじょうぶですか、姫様《ひめさま》！」

みんな、マローナ姫《ひめ》に駆《か》け寄《よ》ろうとした。

——と、そのとき。

突然《とつぜん》、大《おお》きな音《おと》がして、店《みせ》の窓《まど》ガラスがこっぱみじんに吹《ふ》き飛《と》ばされた。

メタナイトはとっさにマントを広《ひろ》げ、ガラスの破片《はへん》から姫《ひめ》をかばった。

大《おお》きく割《わ》られた窓《まど》——そこにあらわれたのは、漆黒《しっこく》の服《ふく》に身《み》をつつんだ、背《せ》の高《たか》い男《おとこ》だった。

男《おとこ》は、青白《あおじろ》い顔《かお》にほほえみを浮《う》かべていた。だが、細《ほそ》い目《め》は少《すこ》しも笑《わら》っていない。

メタナイトはすばやく剣《けん》を抜《ぬ》き、かまえた。

「ガリック……！」

「やあ、メタナイト君《くん》。ごきげんうるわしゅう」

ガリック男爵《だんしゃく》は胸《むね》に手《て》を当《あ》てて、うやうやしく礼《れい》をした。

「まさか、このような場所《ばしょ》でお目《め》にかかれるとは、おどろきだ。君《きみ》もケーキを食《た》べに来《き》たのかね？」

「……きさま……」

「そうそう、君《きみ》の部下《ぶか》たちは元気《げんき》かね？　ブレイドナイト君《くん》とソードナイト君《くん》……だったかな。また会《あ》いたいものだと、伝《つた》えてくれたまえ」

「ガリック！」

メタナイトは剣《けん》を振《ふ》り上《あ》げ、ガリック男爵《だんしゃく》に切《き》りかかった。

ガリックはその動《うご》きを読《よ》みきっていた。

笑《わら》い声《ごえ》を上《あ》げ、飛《と》びすさる。

「おっと、あぶないじゃないか。何《なに》をするのかね、メタナイト君《くん》」

「……！」

「我《わ》が輩《はい》はただ、マローナ姫《ひめ》をむかえに来《き》ただけなのだよ。剣《けん》を向《む》けられる覚《おぼ》えはないね」

ガリック男爵《だんしゃく》は、メタナイトにかばわれているマローナ姫《ひめ》に、手《て》をさしのべた。

マローナ姫《ひめ》は、まようように、首《くび》をふった。

「わたし……どうかしてたわ。もう、あなたといっしょには行《い》かない」

「フム？　何《なに》を言《い》っている、おろかしき姫《ひめ》よ。君《きみ》は、もう王宮《おうきゅう》には戻《もど》らないと決《き》めたのではなかったのかね」

「それは……それは……」

マローナ姫《ひめ》は、苦《くる》しそうに目《め》をふせた。

「おやおや、今《いま》さら、まよっているのかね。困《こま》った姫君《ひめぎみ》だ」

ガリック男爵《だんしゃく》はふくみ笑《わら》いをすると、上着《うわぎ》の内《うち》ポケットに手《て》をやった。

ハッとしたメタナイトは、姫《ひめ》を背《せ》にかばおうとしたが、間《ま》に合《あ》わなかった。

ガリックが取《と》り出《だ》したのは、もえるように赤《あか》い宝石《ほうせき》。

彼《かれ》はそれを手《て》のひらにのせて、高《たか》くかかげた。

メタナイトは、ふっと意識《いしき》をうばわれそうになり、あわてて目《め》をそらした。

(あれが……やつの力《ちから》のみなもとか)

マローナ姫《ひめ》が、ふらりと足《あし》をふみ出《だ》した。ガリック男爵《だんしゃく》のほうへ。

メタナイトは叫《さけ》んだ。

「止《と》まれ、マローナ姫《ひめ》。行《い》ってはならない!」

姫《ひめ》は振《ふ》り返《かえ》らなかった。

ガリック男爵《だんしゃく》が、姫《ひめ》の手《て》をつかんだ。

「マローナ姫《ひめ》!」

メタナイトは止《と》めようとしたが、ガリック男爵《だんしゃく》のほうへ顔《かお》を向《む》けることができない。赤《あか》い宝石《ほうせき》を見《み》つめれば、たちまち男爵《だんしゃく》にあやつられてしまう。

男爵《だんしゃく》は、片手《かたて》で姫《ひめ》の手《て》をにぎり、もう片方《かたほう》の手《て》で赤《あか》い宝石《ほうせき》をかかげながら、静《しず》かにあとずさりした。

メタナイトは視線《しせん》を落《お》としたまま、剣《けん》をかまえ直《なお》した。

目《め》で見《み》ることはできなくても、気配《けはい》を感《かん》じることはできる。一《いち》か八《ばち》か、男爵《だんしゃく》に切《き》りかかろうとしたとき。

いきなり、メタナイトは背後《はいご》に殺気《さっき》を感《かん》じて飛《と》び上《あ》がった。

デデデ大王《だいおう》が、大《おお》きなテーブルを持《も》ち上《あ》げ、振《ふ》りかざしている。その目《め》はうつろで、光《ひかり》が宿《やど》っていなかった。

「デデデ大王《だいおう》!?」

呆然《ぼうぜん》とするメタナイトめがけて、デデデ大王《だいおう》はテーブルを投《な》げつけた。

メタナイトはすばやく剣《けん》を振《ふ》り上《あ》げ、テーブルをまっ二《ぷた》つにたたき割《わ》った。

「まさか、君《きみ》は……」

「目《め》ざわりだ、メタナイト……オレ様《さま》の……行《ゆ》く手《て》をふさぐな……」

いつもの大王《だいおう》とはぜんぜんちがう、低《ひく》くて感情《かんじょう》のこもらない声《こえ》だった。

デデデ大王《だいおう》は大《おお》きくジャンプすると、メタナイトを踏《ふ》みつぶそうとした。

メタナイトは軽《かる》くかわして、ため息《いき》をついた。

「どうやら、ガリックの術《じゅつ》にかかったようだな。口《くち》ほどにもない……」

「何《なん》だと……何《なに》か言《い》ったか？」

「そこをどけ、デデデ大王《だいおう》。私《わたし》は姫《ひめ》を追《お》わねばならない」

「フン。きさまの好《す》きになど、させるか……！」

デデデ大王《だいおう》はにくしみのこもった声《こえ》で叫《さけ》ぶと、メタナイトになぐりかかってきた。

メタナイトがひらりと身《み》をかわすと、デデデ大王《だいおう》はショーウィンドウに頭《あたま》からつっこんでいった。

「ぎゃわわああっ!?　や、やったな、メタナイト！」

「特《とく》に、何《なに》も」

「た、ただじゃおかんぞ……！」

デデデ大王《だいおう》は身動《みうご》きが取《と》れなくなって、じたばたした。

「やれやれ、だ。早《はや》く姫《ひめ》を追《お》わなければ……」

店《みせ》の外《そと》に飛《と》び出《だ》そうとしたメタナイトだったが——。

ふと気《き》づくと、あやつられているのはデデデ大王《だいおう》だけではなかった。

店《みせ》じゅうの客《きゃく》が、皿《さら》を投《な》げつけたり、わめき散《ち》らしたりしている。

客《きゃく》ばかりではない。店員《てんいん》まで、口《くち》ぎたなく客《きゃく》をののしっていた。不幸《ふこう》にも、あの赤《あか》い宝《ほう》石《せき》を直視《ちょくし》してしまったのだ。

一瞬《いっしゅん》、メタナイトは迷《まよ》ったが、この人々《ひとびと》をほうっておくわけにはいかなかった。さっきのケーキ投《な》げとは、わけがちがう。みんな、殺気《さっき》だっている。このままでは、ケガ人《にん》がたくさん出《で》るかもしれない。

「……すまない、マローナ姫《ひめ》。無事《ぶじ》でいてくれ」

小《ちい》さくつぶやいて、メタナイトは店内《てんない》を見回《みまわ》した。

店員《てんいん》と客《きゃく》が、今《いま》にもなぐり合《あ》いを始《はじ》めそうになっている。

メタナイトが止《と》めに入《はい》ろうとしたが、横合《よこあ》いからカービィが飛《と》び出《だ》してきた。

「やめて！　ケンカはダメだよ！」

「カービィ……」

メタナイトはホッとした。どうやら、カービィは無事《ぶじ》なようだ。カービィまで心《こころ》を失《うしな》ってしまったら、手《て》がつけられないところだった。

カービィは、店員《てんいん》の腕《うで》にしがみついて、暴力《ぼうりょく》をやめさせようとした。店員《てんいん》は顔《かお》をまっかにして、カービィを振《ふ》りほどこうとする。

「はなせ……この……！」

「ダメだったら、ダメ～！」

もつれ合《あ》った店員《てんいん》とカービィは、床《ゆか》にぶちまけられたホイップクリームに足《あし》をとられ、いっしょにひっくり返《かえ》った。

店員《てんいん》の顔《かお》は、クリームまみれになった。

「くっ……何《なに》をする……」

店員《てんいん》は顔《かお》をゆがめたが、ふと、その表情《ひょうじょう》が変《か》わった。

店員《てんいん》は、口《くち》のまわりについたクリームをなめ、ため息《いき》をついた。

「なんておいしいんだ……これは、当店《とうてん》自慢《じまん》の、ふわふわホイップクリーム……」

店員《てんいん》の目《め》に、いつもの光《ひかり》が戻《もど》った。

彼《かれ》はあわてて顔《かお》をぬぐうと、店《みせ》じゅうの客《きゃく》に呼《よ》びかけた。

「やめてください、みなさん！　どうか落《お》ちついて！　店《みせ》をこわさないでください！」

取《と》っ組《く》み合《あ》いになりそうな客《きゃく》たちを、店員《てんいん》が必死《ひっし》で引《ひ》きはなした。

興奮《こうふん》していた客《きゃく》たちが、次々《つぎつぎ》にわれに返《かえ》った。

「あ……あれ？　わたしったら、なんてことを！」

「ごめんなさい、乱暴《らんぼう》なことをしてしまって……」

みんな、口々《くちぐち》にあやまり、たおれた椅子《いす》を起《お》こしたり、割《わ》れたガラスを片《かた》づけたりし始《はじ》めた。

メタナイトは、店員《てんいん》の様子《ようす》を見守《みまも》りながらつぶやいた。

「クリームの味《あじ》が、店員《てんいん》を正気《しょうき》に返《かえ》した……か？　そういえば、さっきマローナ姫《ひめ》も……」

「どうする、メタナイト!?」

カービィがたずねた。

「お姫様《ひめさま》を助《たす》けなくちゃ！　ガリック男爵《だんしゃく》を追《お》いかけようよ！」

「ああ。行《い》こう、カービィ」

メタナイトはそう言《い》って、身《み》をひるがえした。

——が。その行《ゆ》く手《て》に、またも立《た》ちふさがった者《もの》が。

「ここは……通《とお》さないぞ……メタナイト……」

両手《りょうて》を広《ひろ》げてメタナイトをにらんでいるのは、なんと。

「ワドルディ～!?」

カービィが、すっとんきょうな声《こえ》を上《あ》げた。

メタナイトも、あぜんとして言《い》った。

「ワドルディ！　まさか、君《きみ》まで男爵《だんしゃく》の術《じゅつ》にやられてしまったのか！」

「気《き》やすく呼《よ》ぶな……ぼくは闇《やみ》のプリンス、ダーク・ワドルディだぞ……」

「……。しっかりしたまえ、ワドルディ」

「だまれ……くらえ、スーパー・ワドルディ・キック！」

ワドルディは、うつろな目《め》でメタナイトをにらむと、ぴょこんと飛《と》び上《あ》がって、キックを放《はな》った。

もっとも、パワーはまったくない。メタナイトは、かんたんに片手《かたて》でふせいで言《い》った。

「デデデ大王《だいおう》ばかりか、君《きみ》までも……やれやれ、だ」

「ごちゃごちゃ言《い》うな……スーパー・ワドルディ・パンチを受《う》けてみろ！」

ワドルディは手《て》をぐるぐる振《ふ》り回《まわ》しておそいかかった。

メタナイトは軽《かる》く飛《と》んでかわした。

「ワドルディ、私《わたし》は君《きみ》と戦《たたか》う気《き》はない。その手《て》を下《お》ろすんだ」

「いやだ。くらえ！」

ワドルディは、もう一度《いちど》パンチをくり出《だ》した。

メタナイトとワドルディの前《まえ》におどり出《で》たのは、カービィ。

「……！」

ワドルディのぐるぐるパンチが、カービィの顔《かお》に当《あ》たった。

けれど、カービィは少《すこ》しもひるまなかった。

「しっかりして、ワドルディ！」

「……」

「ぼくだよ！　わすれちゃったの!?」

こわばっていたワドルディの表情《ひょうじょう》が、だんだん元《もと》に戻《もど》り始《はじ》めた。

振《ふ》り上《あ》げていた手《て》を下《お》ろして、ワドルディはつぶやいた。

「カー……ビィ……」

「ワドルディ！」

カービィはワドルディに飛《と》びついた。

ワドルディはよろけながら、おろおろした声《こえ》で言《い》った。

「カービィ、ぼく……どうしたんだろう……カービィをなぐっちゃった……！」

「だいじょーぶ！　ぜんぜん、いたくなかったよ！」

「どうしよう。ごめんね！　ごめんね、カービィ……」

ワドルディは泣《な》きそうな顔《かお》であやまった。カービィは「だいじょーぶ！」と笑《わら》って、くるんと宙返《ちゅうがえ》りをしてみせた。

メタナイトは言《い》った。

「なるほど……わかってきたぞ」

「何《なに》が？」

「男爵《だんしゃく》の術《じゅつ》は、きっかけがあれば、かんたんに破《やぶ》れるんだ」

「きっかけって？」

「自分《じぶん》が大好《だいす》きなものや、たいせつなものを思《おも》い出《だ》せば、にくしみが消《き》えるのだろう。王《おう》宮《きゅう》の侍女《じじょ》は、妹《いもうと》との思《おも》い出《で》がよみがえった瞬間《しゅんかん》に、術《じゅつ》から抜《ぬ》け出《だ》すことができた。ケーキ屋《や》の店員《てんいん》は、店《みせ》の自慢《じまん》の味《あじ》を思《おも》い出《だ》して助《たす》かった」

ワドルディは、いきおいよくうなずいた。

「ぼくは、カービィの顔《かお》を見《み》て、声《こえ》を聞《き》いて、いっしょに遊《あそ》んだときのことを思《おも》い出《だ》したから！」

「そうだ。カービィが君《きみ》を救《すく》ったんだ。マローナ姫《ひめ》も、あまいクリームを口《くち》にして、正気《しょうき》を取《と》り戻《もど》しかけていたのだが……間《ま》に合《あ》わなかった」

メタナイトは、残念《ざんねん》そうに言《い》った。

「ともかく、術《じゅつ》を破《やぶ》る方法《ほうほう》はわかった。早《はや》く、姫《ひめ》を連《つ》れ戻《もど》さなければ……」

「うん！　急《いそ》ごう、メタナイト！」

「メタナイト様《さま》、ぼくも行《い》きます！」

カービィとワドルディが、いっしょに店《みせ》を飛《と》び出《だ》していこうとしたが——。

ワドルディのからだが、ひょいっと宙《ちゅう》に浮《う》いた。

しのび寄《よ》ったデデデ大王《だいおう》が、片手《かたて》でワドルディをつかみ上《あ》げたのだ。

「わあっ!?」

ワドルディは悲鳴《ひめい》を上《あ》げた。

ふり返《かえ》ったカービィは、デデデ大王《だいおう》を見上《みあ》げて、叫《さけ》んだ。

「デデデ大王《だいおう》……！　まだ、心《こころ》をあやつられてるの!?　ワドルディをはなせ！」

「うるさい……オレ様《さま》の邪魔《じゃま》をすると、きさまも、ただじゃおかんぞ」

デデデ大王《だいおう》は、カービィを踏《ふ》みつぶそうと、片足《かたあし》を上《あ》げた。

カービィはすばやく飛《と》びのいた。

メタナイトが言《い》った。

「ワドルディをはなしたまえ。思《おも》い出《だ》すんだ、デデデ大王《だいおう》。ワドルディは、君《きみ》のたいせつな部下《ぶか》だぞ！」

「……」

一瞬《いっしゅん》だけ、デデデ大王《だいおう》の表情《ひょうじょう》が、元《もと》に戻《もど》りかけた。

だが、彼《かれ》はすぐに思《おも》い直《なお》したように、うなり声《ごえ》を上《あ》げた。

「フン……！　うるさいわい！　きさまの指図《さしず》は受《う》けん、メタナイト！」

「指図《さしず》などではない。素直《すなお》になりたまえ、デデデ大王《だいおう》」

「だまれ！」

大王《だいおう》の顔《かお》には、冷《つめ》たいほほえみが浮《う》かんでいた。今《いま》まで、だれも見《み》たことがないほど、暗《くら》くてこわい顔《かお》だった。

低《ひく》い声《こえ》で、大王《だいおう》は言《い》った。

「うるさいわい……きさまら、みんな、目《め》ざわりだ。オレ様《さま》のこの手《て》で、ひねりつぶしてやるぞ……！」

大王《だいおう》の大《おお》きな手《て》でつかまれたワドルディは、必死《ひっし》にからだをよじって、叫《さけ》んだ。

「大王様《だいおうさま》ぁぁ！」

「だまれぇぇ！」

「た、たまご焼《や》き！」

ワドルディは、苦《くる》しげに叫《さけ》んだ。

大王《だいおう》は、動《うご》きを止《と》めて、いぶかしげに問《と》い返《かえ》した。

「……なんと言《い》った？」

「チャーシューメン！　ローストビーフ！　シュークリーム！」

「……む……？」

「あんパン！　カレーライス！　てんぷらそば！」

「……う……うぉ……？」

「やきそば！　チーズトースト！　ホットケーキ！」

「ぬ……むむ……ぐぁぁ！」

デデデ大王《だいおう》は顔《かお》をしかめると、ぱっと手《て》をはなした。

そのまま、つっぷして、頭《あたま》をかかえている。

床《ゆか》に落《お》ちたワドルディは、デデデ大王《だいおう》の顔《かお》をのぞきこんで、心配《しんぱい》そうにささやいた。

「ハンバーグ……ポテトフライ……クリームコロッケ……」

「もういいわいっ！　やめろ、腹《はら》がへる」

「よかった！　大王様《だいおうさま》、元《もと》に戻《もど》ったんですね！」

「う……うう……オレ様《さま》は……どうしたっていうんだ」

自分《じぶん》の頭《あたま》をぽかぽかたたきながら、デデデ大王《だいおう》は顔《かお》を上《あ》げた。

メタナイトもカービィも、ほっと息《いき》をついた。大王《だいおう》の顔《かお》は、にくたらしいけれど、にくみきれない、いつもの表情《ひょうじょう》に戻《もど》っていた。

「突然《とつぜん》、頭《あたま》にカッと血《ち》がのぼって、わけがわからなくなったわい……いったい、何《なに》がおきたというんだ？」

「君《きみ》は、ガリック男爵《だんしゃく》の術《じゅつ》にかかったのだ」

メタナイトが説明《せつめい》した。

「やつの力《ちから》のみなもとは、赤《あか》い宝石《ほうせき》だ。あれを見《み》ると、意識《いしき》を支配《しはい》され、にくしみで満《み》たされてしまうのだ」

「なんだと？　オレ様《さま》が、催眠術《さいみんじゅつ》にかかったというのか？」

「そのようだな」

「バカな！　オレ様《さま》は偉大《いだい》なる大王《だいおう》だぞ！　インチキな催眠術《さいみんじゅつ》なんかに、かかってたまるか……！」

デデデ大王《だいおう》は、顔《かお》をまっかにして言《い》い張《は》ろうとしたが、自分《じぶん》がしてしまった行動《こうどう》は消《け》せない。

彼《かれ》はうめき声《ごえ》を上《あ》げてこぶしをにぎると、床《ゆか》を乱暴《らんぼう》にたたいた。

「くっ……ガリックめ……！　このオレ様《さま》をもてあそぶとは……ただじゃおかん！」

「ワドルディの機転《きてん》のおかげで助《たす》かったな」

メタナイトが言《い》った。

「とっさに君《きみ》の好《す》きなものを並《なら》べたので、にくしみを打《う》ち消《け》し、正気《しょうき》に返《かえ》すことができたんだ。ワドルディ、よくやった」

「は、はい!」

ワドルディは、うれしそう。

カービィが、デデデ大王《だいおう》をからかった。

「デデデ大王《だいおう》にとって、いちばんたいせつなのは、食《た》べ物《もの》なんだ～。食《く》いしんぼ～」

「フン! きさまに言《い》われたくないわいっ!」

デデデ大王《だいおう》がこぶしを振《ふ》り回《まわ》し、カービィは笑《わら》いながら飛《と》び上《あ》がった。

メタナイトが言《い》った。

「ひとまず、王宮《おうきゅう》に戻《もど》ろう。ガリックにあやつられた姫《ひめ》は、また別《べつ》のケーキ屋《や》を襲撃《しゅうげき》するかもしれない。姫《ひめ》があらわれそうな場所《ばしょ》を、王宮《おうきゅう》の人《ひと》たちに聞《き》いてみるんだ」

「わかった!」

メタナイトたちは、店《みせ》を後《あと》にした。

5 王立《おうりつ》ケーキ工場《こうじょう》での対決《たいけつ》

王宮《おうきゅう》に戻《もど》ったメタナイトたちを待《ま》っていたのは、つかれた様子《ようす》のブレイドナイトとソードナイトだった。

「我々《われわれ》は、姫《ひめ》の手《て》がかりを求《もと》めて、町中《まちじゅう》のケーキ屋《や》を片《かた》っぱしから当《あ》たろうと思《おも》ったのですが」

ブレイドナイトが、苦々《にがにが》しい口調《くちょう》で報告《ほうこく》した。

「二人《ふたり》では、とても手《て》が足《た》りませんでした」

「なにしろ、ケーキ屋《や》が多《おお》すぎるんです。通《とお》りの両側《りょうがわ》にならんでる店《みせ》が、ぜんぶケーキ屋《や》なんです！」

「当然《とうぜん》ですわ」

侍女《じじょ》が、ほこらしげに言《い》って、大《おお》きな地図《ちず》をテーブルの上《うえ》に広《ひろ》げた。

地図《ちず》を囲《かこ》んだメタナイトたちは、思《おも》わずうなった。

王宮《おうきゅう》を中心《ちゅうしん》に、道路《どうろ》や建物《たてもの》がこまかく書《か》きこまれている。それだけなら、ふつうの地図《ちず》と同《おな》じだが、この地図《ちず》には、かわった特徴《とくちょう》があった。

道路《どうろ》ぞいにびっしりと、赤《あか》い丸印《まるじるし》がついている。

メタナイトが言《い》った。

「まさかとは思《おも》うが。この、無数《むすう》の赤《あか》い丸《まる》が……」

「ええ、ケーキ屋《や》さんですわ。この首都《しゅと》だけで、1000軒《けん》以上《いじょう》のケーキ屋《や》さんがひしめいています。ほかの町《まち》まで合《あ》わせたら、シフォン星《せい》にあるケーキ屋《や》さんは、なんと2419軒《けん》！」

「すご～い！」

カービィが、興奮《こうふん》して飛《と》び上《あ》がった。

「毎日《まいにち》100軒《けん》ずつ回《まわ》っても、えーと、えーと……」

「20日《か》以上《いじょう》もかかるということですわ！」

「すごい、すご〜い！」

カービィと侍女《じじょ》はハイタッチをかわした。

「……毎日《まいにち》100軒《けん》ずつという前提《ぜんてい》が、そもそもおかしいと思《おも》わないのか」

メタナイトは冷静《れいせい》なコメントを口《くち》にし、ふたたび地図《ちず》をにらんだ。

「これほどケーキ屋《や》だらけとは……姫《ひめ》が次《つぎ》に襲撃《しゅうげき》しそうな店《みせ》は、どこだ？」

「うーん……どこでしょう……」

侍女《じじょ》は考《かんが》えこんだ。

「いちばん大《おお》きな店《みせ》は、王宮前広場《おうきゅうまえひろば》にある『シュガーツリー』ですけど……最近《さいきん》、人気《にんき》が高《たか》まっているのはシナモン通《どお》りの『スイートルーム』かしら……」

「でも、ねえさん、わたしはマーマレード広場《ひろば》の『ハッピーデザート』が最高《さいこう》においしいと思《おも》うわ」

口《くち》をはさんだのは、侍女見習《じじょみなら》いだった。

男爵《だんしゃく》に心《こころ》をあやつられた侍女《じじょ》が、絶交《ぜっこう》していた妹《いもうと》である。二人《ふたり》は仲直《なかなお》りをし、元《もと》のとおりの仲良《なかよ》し姉妹《しまい》に戻《もど》っている。

侍女《じじょ》は、「うーん」と考《かんが》えこんだ。

「そうねえ。でも、ドーナツ通《どお》りの『チョコレートハウス』もすてがたいわよねえ。あの店《みせ》のチョコパフェは絶品《ぜっぴん》だわ」

「クリーム公園《こうえん》にある『ハニーポット』のはちみつパイはどう？　あれほどおいしいパイは他《ほか》にないわよ」

「おいしいケーキ屋《や》さんが多《おお》すぎて、まよっちゃうわね！」

「ほんと、ほんと！　わたしのおすすめは……」

侍女《じじょ》とその妹《いもうと》は夢中《むちゅう》になって、ケーキ屋《や》の名前《なまえ》を次々《つぎつぎ》に並《なら》べ始《はじ》めた。

「まって、まって！　覚《おぼ》えきれない！」

カービィが、今《いま》にもよだれをたらしそうな顔《かお》で叫《さけ》んだ。

デデデ大王《だいおう》は、うっとりした声《こえ》で、ワドルディに命《めい》じた。

「ぜんぶ、メモしておけ！　場所《ばしょ》とおすすめメニューも書《か》いておくんだぞ」

「はいっ」

ワドルディはメモ帳《ちょう》を取《と》り出《だ》し、ペンをかまえた。

メタナイトが言《い》った。

「……私《わたし》たちは、グルメ情報《じょうほう》を集《あつ》めているのではない。姫《ひめ》が襲撃《しゅうげき》しそうな店《みせ》をさがしているのだ」

「そ、そうでしたわ」

侍女《じじょ》はわれに返《かえ》って、地図《ちず》に向《む》き直《なお》った。

「でも、候補《こうほ》が多《おお》すぎて、しぼりきれませんわ」

「人《ひと》が多《おお》く集《あつ》まる人気店《にんきてん》があぶないと思《おも》うのだが」

「それでしたらやっぱり、シナモン通《どお》りの……」

侍女《じじょ》が言《い》いかけたとき。

爆発音《ばくはつおん》がとどろき、宮殿《きゅうでん》がゆれた。

「きゃあっ！」

侍女《じじょ》たちは悲鳴《ひめい》を上《あ》げ、頭《あたま》をかかえた。

デデデ大王《だいおう》が叫《さけ》んだ。

「姫《ひめ》の襲撃《しゅうげき》か!?　ケーキ屋《や》じゃなく、王宮《おうきゅう》をおそうとは、どういうつもりだ！」

「今《いま》の爆発音《ばくはつおん》は、王宮《おうきゅう》の裏手《うらて》から聞《き》こえたぞ」

メタナイトが言《い》うと、侍女《じじょ》が「あっ」と叫《さけ》んだ。

「裏手《うらて》には、王立《おうりつ》ケーキ工場《こうじょう》がありますわ。わたくしったら、うっかりしてました。どのケーキ屋《や》さんよりおいしいケーキを、毎日《まいにち》たくさん作《つく》っている場所《ばしょ》……それは、王立《おうりつ》ケーキ工場《こうじょう》ですわ！」

「行《い》くぞ！」

メタナイトは、すばやく身《み》をひるがえした。


王立《おうりつ》ケーキ工場《こうじょう》は、白《しろ》いけむりにつつまれていた。

工場《こうじょう》ではたらいている人々《ひとびと》が、せきこみながら逃《に》げ出《だ》している。

「げほっ、げほっ……けむい！」

「前《まえ》が見《み》えないわ！　助《たす》けて！」

人々《ひとびと》の悲鳴《ひめい》がひびき、パニックが広《ひろ》がっていた。

そこへ、メタナイトたちが駆《か》けつけた。

「みんな、だいじょーぶ!?」

カービィが大声《おおごえ》でたずねると、一人《ひとり》の男性《だんせい》が答《こた》えた。

「従業員《じゅうぎょういん》は無事《ぶじ》です。でも……!」

「でも!?」

「フルーツケーキ部門《ぶもん》の部長《ぶちょう》が、まだ工場内《こうじょうない》に残《のこ》っているんです!」

「どういうことだ!」

メタナイトがたずねた。

男《おとこ》は、目《め》をこすりながら答《こた》えた。

「がんこで、責任感《せきにんかん》の強《つよ》い人《ひと》なんです。持《も》ち場《ば》をはなれることなんてできないって言《い》い張《は》って、中《なか》に残《のこ》っているのです!」

「襲撃者《しゅうげきしゃ》の顔《かお》を見《み》た者《もの》はいるか?」

メタナイトの問《と》いに、男《おとこ》は暗《くら》い顔《かお》でうなだれた。

まわりに集《あつ》まったケーキ職人《しょくにん》たちが、口々《くちぐち》に答《こた》えた。

「わたし、はっきり見《み》ました。まちがいありません、マローナ姫様《ひめさま》でした！」

「わたしは声《こえ》を聞《き》いたわ。『この工場《こうじょう》の機械《きかい》を、ぜんぶこわしてやる』って叫《さけ》んでた……あれはたしかに、マローナ姫様《ひめさま》の声《こえ》だったわ」

「姫《ひめ》は悪者《わるもの》にあやつられて、すっかり別人《べつじん》になってしまったんだ！　あんなに、おやさしかった姫様《ひめさま》が……」

メタナイトは、なげく人々《ひとびと》を見回《みまわ》して、言《い》った。

「姫《ひめ》は、まだ工場《こうじょう》の中《なか》にいるのか？」

「はい。ガリック男爵《だんしゃく》といっしょに！」

「よし、行《い》こう」

工場《こうじょう》はまだ、けむりにつつまれている。しかし、メタナイトにためらいはなかった。

彼《かれ》は剣《けん》に手《て》をかけて、飛《と》ぶような速《はや》さで工場《こうじょう》に飛《と》びこんだ。

ソードナイトとブレイドナイトが、すばやく後《あと》に続《つづ》く。

カービィたちも、もちろん後《おく》れをとらなかった。

広《ひろ》い工場《こうじょう》に、ガツン、ガツンという大《おお》きな音《おと》がひびいていた。

マローナ姫《ひめ》が、大《おお》きなこんぼうを、生《なま》クリーム製造《せいぞう》マシンにたたきつけている。

クリームをまぜるための羽根《はね》がはじけ飛《と》び、あたりに生《なま》クリームが飛《と》び散《ち》っていた。

細《ほそ》い目《め》で姫《ひめ》を見守《みまも》っているのは、ガリック男爵《だんしゃく》。口《くち》もとには、冷酷《れいこく》きわまりないほほえみが浮《う》かんでいた。

「そうそう、その調子《ちょうし》だ、たけだけしき姫《ひめ》よ。もっと力《ちから》をこめるのだ。人々《ひとびと》を不幸《ふこう》にする機械《きかい》など、こわしつくしてしまえ」

「……」

姫《ひめ》は手《て》を休《やす》めて、男爵《だんしゃく》に背《せ》を向《む》けた。

元気《げんき》なく、うなだれている。その様子《ようす》を見《み》て、男爵《だんしゃく》の顔《かお》からほほえみが消《き》えた。

「どうかしたかね、姫《ひめ》？」

「……なんでもないわ」

「もっと力《ちから》をこめなければ、その機械《きかい》はこわせないよ。休《やす》んでいるひまはない」

「……」

姫《ひめ》がこんぼうをにぎり直《なお》そうとした時《とき》だった。

「やめてください、姫様《ひめさま》！」

姫《ひめ》は手《て》を止《と》めて、振《ふ》り返《かえ》った。

白《しろ》いパティシエ服《ふく》を身《み》につけた男《おとこ》が、床《ゆか》にひざまずいて、マローナ姫《ひめ》を見上《みあ》げていた。

姫《ひめ》はつぶやいた。

「あなたは……フルーツケーキ部門《ぶもん》の……」

「そうです！　姫様《ひめさま》がいちばんお好《す》きなフルーツケーキを、毎日作《まいにちつく》り続《つづ》けていた者《もの》でございますぞ！」

フルーツケーキ部門《ぶもん》の部長《ぶちょう》は、悲《かな》しげにうったえた。

「なぜ、こんなひどいことをなさるのです。姫様《ひめさま》は毎日《まいにち》、この工場《こうじょう》をおとずれて、ケーキ職人《しょくにん》たちにやさしい言葉《ことば》をかけてくださったではありませんか」

「……」

「わたしたちは、姫様《ひめさま》のお言葉《ことば》と、明《あか》るい笑顔《えがお》をはげみに、毎日《まいにち》がんばってケーキを作《つく》り続《つづ》けてきたのです。どうか、思《おも》い出《だ》してください！」

姫《ひめ》は顔《かお》をそむけ、力《ちから》なく首《くび》をふった。

ガリック男爵《だんしゃく》が進《すす》み出《で》て、せせら笑《わら》った。

「下《さ》がっていろ、おろか者《もの》め。姫《ひめ》の行《おこな》いを、邪魔《じゃま》するな！」

「ガリック男爵《だんしゃく》！　やはり、おまえが姫様《ひめさま》をそそのかしたんだな……！」

「ふん！　我《わ》が輩《はい》に向《む》かって、なんという口《くち》のききかた！」

男爵《だんしゃく》は、ベルトにさした細《ほそ》いナイフを引《ひ》き抜《ぬ》いた。

「……！　やめて！」

マローナ姫《ひめ》が悲鳴《ひめい》を上《あ》げて、男爵《だんしゃく》の腕《うで》に飛《と》びついた。

しかし男爵《だんしゃく》は、姫《ひめ》をふりほどいて、ナイフを投《な》げた。

フルーツケーキ部長《ぶちょう》が、恐怖《きょうふ》のあまり目《め》を見開《みひら》いた瞬間《しゅんかん》——。

するどい音《おと》がひびき、男爵《だんしゃく》が投《な》げたナイフははじき返《かえ》された。

部長《ぶちょう》と男爵《だんしゃく》の間《あいだ》に舞《ま》いおりたのは、メタナイト。彼《かれ》がとっさに剣《けん》を抜《ぬ》いて、ナイフの攻《こう》撃《げき》を防《ふせ》いだのだった。

「メタナイト君《くん》！　また、君《きみ》かね！」

ガリック男爵《だんしゃく》はいらだたしげに叫《さけ》ぶと、一歩《ぽ》とびすさった。

「目《め》ざわりだ。失《う》せたまえ！」

男爵《だんしゃく》は、続《つづ》けざまにナイフを投《な》げた。メタナイトはそれをすべて、剣《けん》ではじき返《かえ》した。

そこへ、ソードナイトとブレイドナイトが駆《か》けつけてきた。

二人《ふたり》は剣《けん》をかまえて、男爵《だんしゃく》をにらみつけた。

「ガリック……！」

「今度《こんど》という今度《こんど》は、にがさないぞ！」

「おやおや、だれかと思《おも》ったら」

男爵《だんしゃく》は、せせら笑《わら》った。

「ソードナイト君《くん》とブレイドナイト君《くん》ではないか。いつぞやは、楽《たの》しかったねえ」

「……なんだと……」

「また、君《きみ》たちと食事《しょくじ》をともにしたいものだよ。おろかで単純《たんじゅん》な者《もの》たちと話《はな》すのは、実《じっ》に楽《たの》しいからね！」

「きさまぁ！」

二人《ふたり》は逆上《ぎゃくじょう》して、おどり上《あ》がった。

左右《さゆう》からくり出《だ》された攻撃《こうげき》を、ガリック男爵《だんしゃく》はゆうゆうとかわした。

そのとき、工場《こうじょう》をゆるがすような大《おお》きな声《こえ》がひびきわたった。

「ガックリ男爵《だんしゃく》――！　きさまの相手《あいて》は、このオレ様《さま》だぁぁ――！」

ハンマーをふり上《あ》げて飛《と》びかかってきたのは、デデデ大王《だいおう》。

そのすぐ後《うし》ろから、カービィも飛《と》びこんできた。

「お姫様《ひめさま》をはなせ――！」

二人《ふたり》の攻撃《こうげき》をひらりとかわして、ガリック男爵《だんしゃく》は顔《かお》をしかめた。

「なんと、無作法《ぶさほう》な。下品《げひん》な顔《かお》の君《きみ》よ、今《いま》、我《わ》が輩《はい》をなんと呼《よ》んだ？」

「だれが下品《げひん》な顔《かお》だと――!?」

「我《わ》が輩《はい》はガリック男爵《だんしゃく》だ！　ガックリではない！」

「おまえなんか、ガックリで十分《じゅうぶん》だわい！」

デデデ大王《だいおう》はハンマーをふり回《まわ》した。

カービィも、空気弾《くうきだん》をはき出《だ》した。

しかし、男爵《だんしゃく》は軽《かる》くかわし、ナイフを投《な》げた。

ソードナイトとブレイドナイトが、すばやく剣《けん》をふり上《あ》げて、ナイフをたたき落《お》とした。

「ふん……ザコどもが、よってたかって……！」

不利《ふり》をさとったガリック男爵《だんしゃく》は、上着《うわぎ》の内《うち》ポケットに手《て》をやった。

メタナイトが叫《さけ》んだ。

「みんな、目《め》をとじろ！　男爵《だんしゃく》の宝石《ほうせき》を見《み》てはだめだ！」

ブレイドナイトもソードナイトも、デデデ大王《だいおう》もワドルディも、そしてフルーツケーキ部長《ぶちょう》も、みんな急《いそ》いで目《め》をとじた。

ただ一人《ひとり》——カービィだけは、まっすぐ男爵《だんしゃく》をにらみつけていた。

「お姫様《ひめさま》をはなせー！」

カービィは叫《さけ》んで、男爵《だんしゃく》に飛《と》びかかった。

「な、なに⁉」

ガリック男爵《だんしゃく》はあわてて、カービィに赤《あか》い宝石《ほうせき》を突《つ》きつけた。

でも、カービィは少《すこ》しもひるまない。

からだいっぱいに空気《くうき》を吸《す》いこむと、男爵《だんしゃく》めがけて、いきおいよくはき出《だ》した。

「うわっ⁉」

空気弾《くうきだん》に直撃《ちょくげき》されて、男爵《だんしゃく》はあおむけにひっくり返《かえ》った。

カービィは、びっくりして立《た》ちつくしているマローナ姫《ひめ》の手《て》を取《と》った。

「お姫様《ひめさま》！　こっちへ来《き》て！」

メタナイトは、仮面《かめん》の前《まえ》に手《て》をかざして宝石《ほうせき》を見《み》ないようにしながら、叫《さけ》んだ。

「カービィ！　無事《ぶじ》なのか⁉」

「うん！」

「なぜ君《きみ》は、赤《あか》い石《いし》を見《み》ても平気《へいき》でいられるんだ？」

「石《いし》？　あんなもの！　ぜんぜん、おいしそうじゃないもん！」

「そう……か……そういうことか」

メタナイトは理解《りかい》した。

「カービィはつねに食《た》べ物《もの》のことで頭《あたま》がいっぱいだから、術《じゅつ》にかかる隙《すき》がないのだな」

ワドルディが言《い》った。

「あの術《じゅつ》は、大好《だいす》きなものを思《おも》い浮《う》かべると、とけるんですよね。カービィは、いつも大《だい》好《す》きな食《た》べ物《もの》のことばかり考《かんが》えているから、術《じゅつ》がきかないんだ！」

「なんだと〜!?　食欲《しょくよく》なら、オレ様《さま》だって負《ま》けていないぞ！」

デデデ大王《だいおう》が怒《おこ》りだした。

「なぜ、オレ様《さま》は術《じゅつ》にかかったのに、カービィはかからないんだ！　オレ様《さま》の食欲《しょくよく》が、カ

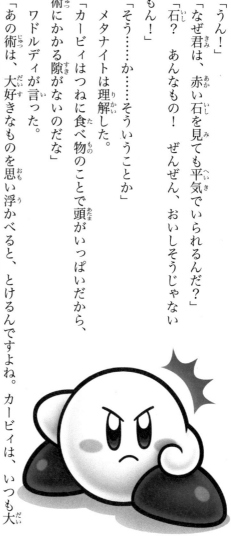

ービィ以下《いか》だというのか！」

「だ、大王様《だいおうさま》、そんなことで張《は》り合《あ》わなくても……」

「うるさいわいっ。オレ様《さま》は偉大《いだい》なる大王《だいおう》だぞ！　食欲《しょくよく》でもなんでも、いちばんでなければ気《き》がすまんわい〜！」

目《め》をつぶったまま地団駄《じだんだ》をふんでいるデデ大王《だいおう》に、メタナイトが言《い》った。

「君《きみ》は、カービィにくらべて、よけいな欲《よく》が多《おお》すぎるのだろう。かっこいいと思《おも》われたいとか、有名《ゆうめい》になりたいとか、尊敬《そんけい》されたいとか」

「な、な……なんだと！　お、オレ様《さま》は別《べつ》に……そんなこと思《おも》わなくても、十分《じゅうぶん》かっこよくて、有名《ゆうめい》で、尊敬《そんけい》されているわいっ！」

「とにかく、今《いま》はカービィが頼《たの》みのつなだ」

「まかせてっ！」

カービィは、起《お》き上《あ》がろうとする男爵《だんしゃく》にもう一度《いちど》空気弾《くうきだん》をたたきつけておいて、マローナ姫《ひめ》の手《て》を引《ひ》っぱった。

「メタナイト、お姫様《ひめさま》を安全《あんぜん》な場所《ばしょ》に連《つ》れていってあげて！　ガックリ男爵《だんしゃく》は、ぼくがやつける！」

「我《わ》が輩《はい》はガックリではない――！」

はね起《お》きたガリック男爵《だんしゃく》が、目《め》を血走《ちば》らせてカービィにおそいかかった。

カービィはひらりと身《み》をかわした。

メタナイトは、マローナ姫《ひめ》の手《て》をつかんで言《い》った。

「行《い》くぞ、姫《ひめ》」

「あ……わ……わたしは……でも……」

「話《はなし》は後《あと》だ。ここは頼《たの》んだぞ、カービィ！」

「うん！」

メタナイトは、姫《ひめ》をマントでかばいながら出口《でぐち》へ向《む》かった。

「待《ま》ちたまえ……にがしはせん……！」

ガリック男爵《だんしゃく》が、二人《ふたり》の背中《せなか》めがけてナイフを投《な》げつけようとかまえた。

「そうはいかないよ！」

カービィは、またもや空気弾《くうきだん》をはいたが、男爵《だんしゃく》はすばやく飛《と》びのいていた。

おそろしいほどの身《み》の軽《かる》さ。彼《かれ》はナイフをもてあそび、目《め》を細《ほそ》めて笑《わら》った。

「何度《なんど》も同《おな》じ手《て》がきくと思《おも》うな。君《きみ》の空気弾《くうきだん》は読《よ》みきった。もう、通用《つうよう》せんよ！」

「え〜……」

カービィは一瞬《いっしゅん》、しょんぼりしたが、すぐに気《き》を取《と》り直《なお》した。

「ぼくの武器《ぶき》は、空気弾《くうきだん》だけじゃないよ！　みてろ！」

カービィは、くるっと向《む》きを変《か》えた。ソードナイトとブレイドナイトのほうへ。

二人《ふたり》は目《め》をつぶったままだが、カービィの視線《しせん》を感《かん》じて、びくっとした。

「カ……カービィ？」

「なぜ、俺《おれ》たちを見《み》るんだ……？」

「ぼくに力《ちから》をかして！　ソードナイトとブレイドナイト、どっちでもいいから！」

「え……!?」

「お、おい、まさか……！」

二人《ふたり》はあわてて、たがいを前《まえ》に押《お》し出《だ》そうと取《と》っ組《く》み合《あ》った。

「お、俺《おれ》よりブレイドナイトのほうがおいしいぞ、カービィ」

「何《なに》を言《い》ってるんだ！　カービィ、ソードナイトのほうが俺《おれ》より頼《たよ》りになるぞ！」

「どっちでもいいってば！」

カービィは思《おも》いきり息《いき》を吸《す》いこんだ。

カービィの吸《す》いこみパワーは超強力《ちょうきょうりょく》。手前《てまえ》にいたソードナイトのほうが、たちまち宙《ちゅう》を飛《と》んだ。

「うわあああっ！　やめろ、カービィイイイ！」

悲鳴《ひめい》を残《のこ》して、ソードナイトはカービィに吸《す》いこまれてしまった。

後《あと》に残《のこ》されたブレイドナイトは、ぺたんとその場《ば》にすわりこんだ。

「す、すまない、ソードナイト……俺《おれ》のぶんまで、がんばってくれ……」

カービィは、元気《げんき》いっぱい。

その頭《あたま》の上《うえ》に、ぽんっと音《おと》を立《た》てて、緑色《みどりいろ》の帽子《ぼうし》が出現《しゅつげん》した。

そして、カービィの右手《みぎて》には、みごとにきらめく剣《けん》が握《にぎ》られている。

カービィは、得意《とくい》げに剣《けん》を振《ふ》りかざした。

「みてみて！　これで、戦《たたか》えるよ！」

ワドルディは、がまんできなくなって目《め》を開《ひら》き、カービィの姿《すがた》を見《み》て手《て》をたたいた。

「わあ！　ソードナイトさんを吸《す》いこんで、『ソード』の能力《のうりょく》をコピーしたんだね！　さすが、カービィ！」

「いっくよ～！」

カービィは飛《と》び上《あ》がり、ガリック男爵《だんしゃく》に向《む》き直《なお》った。

「ふん、こしゃくな！」

ガリック男爵《だんしゃく》は、両手《りょうて》の指《ゆび》の間《あいだ》に、ぜんぶで8本《ぼん》ものナイフをかまえ、同時《どうじ》に放《はな》った。8本《ぼん》のナイフが、うなりを上《あ》げておそいかかる。1本《ぼん》ずつはじき返《かえ》していたのでは、とても間《ま》に合《あ》わない。

けれど、カービィはあわてなかった。

「えーいっ！」

剣《けん》を水平《すいへい》にかまえて、高速回転《こうそくかいてん》。

ワドルディが叫《さけ》んだ。

「すごい！　回転斬《かいてんぎ》りだ！」

目《め》をつぶって避難《ひなん》していたブレイドナイトとデデデ大王《だいおう》も、思《おも》わず目《め》をあけた。

「おお……俺《おれ》の回転斬《かいてんぎ》りより速《はや》い！」

「なかなかやるわい、カービィ！」

カービィの動《うご》きはあまりに速《はや》すぎて、目《め》にも留《と》まらない。まるで、するどい刃《は》をもつコマのよう。

男爵《だんしゃく》が投《な》げた8本《ぼん》のナイフは、すべてはじき飛《と》ばされた。見守《みまも》っていたワドルディたちは、拍手《はくしゅ》かっさいした。

「な……なんだと……!?」

さすがのガリック男爵《だんしゃく》も、まっさおになった。

カービィは回転《かいてん》を止《と》めると、床《ゆか》をけって高《たか》く飛《と》び上《あ》がった。

「かくごしろ――！」

剣《けん》の切《き》っ先《さき》を下《した》に向《む》け、男爵《だんしゃく》めがけて突《つ》っこんでいく。

ガリック男爵《だんしゃく》は、かろうじて飛《と》びのいた。

「くっ……この我《わ》が輩《はい》としたことが、不覚《ふかく》だったよ！　君《きみ》のような、けたはずれの戦士《せんし》がいたとは！」

「こうさんするなら、ゆるしてあげるよ！　まいったって言《い》え！」

「まいった、まいった……などと、この我《わ》が輩《はい》が言《い》うと思《おも》うか！」

ガリック男爵《だんしゃく》はひきつった笑《え》みをうかべると、内《うち》ポケットに手《て》をやった。

その動《うご》きに気《き》づいたデデデ大王《だいおう》が、あわてて叫《さけ》ぶ。

「ぬ!?　いかん、みんな、目《め》をつぶれ！」

叫《さけ》びながら、大王《だいおう》は目《め》をとじてワドルディをひっつかみ、床《ゆか》にたたきつけた。

「いたいですぅぅぅ——！」

ワドルディの悲鳴《ひめい》が上《あ》がる。しかし、大王《だいおう》の判断《はんだん》は正《ただ》しかった。床《ゆか》につっぷしたおかげで、ワドルディは赤《あか》い宝石《ほうせき》を見《み》ずにすんだ。

だが、ブレイドナイトの行動《こうどう》は、一瞬《いっしゅん》おくれてしまった。

「う……!?」

ブレイドナイトはあわてたが——その目《め》に、男爵《だんしゃく》がかかげる赤《あか》い宝石《ほうせき》のかがやきが、はっきり焼《や》きつけられた。

「お……おお……なんと……美《うつく》しい……」

「ブレイドナイト！」

カービィが叫《さけ》んだ。

ブレイドナイトは、ふらふらと男爵《だんしゃく》に近《ちか》づいていく。赤《あか》い宝石《ほうせき》の魔力《まりょく》に、すっかり取《と》りつかれている。

「ダメだよ、ブレイドナイト！　しっかりして！」

カービィが引《ひ》き止《と》めようとしたが、むだだった。

ブレイドナイトはカービィをつきとばして、男爵《だんしゃく》に駆《か》けよった。

ガリック男爵《だんしゃく》は余裕《よゆう》をとりもどして、うす笑《わら》いをうかべた。

「フフン。王女《おうじょ》をうばわれたのは残念《ざんねん》だが、かわりに、おもしろいものが手《て》に入《はい》ったよ」

「……ガリック様《さま》……」

ブレイドナイトは、うっとりして赤《あか》い宝石《ほうせき》にみとれている。

「しっかりしてよ～、ブレイドナイト！」

カービィの呼《よ》びかけにも、反応《はんのう》なし。

ガリック男爵《だんしゃく》は、高《たか》らかに叫《さけ》んだ。

「行《い》くぞ、ブレイドナイトよ。おまえは今《いま》より、我《わ》が輩《はい》を守《まも》る騎士《きし》となるのだ！」

「……はっ、ガリック様《さま》」

ブレイドナイトは、うやうやしく答《こた》えた。

ガリック男爵《だんしゃく》は出口《でぐち》に向《む》かって走《はし》った。

「まて～！」

追《お》いかけようとしたカービィを、ブレイドナイトがはばんだ。

「ガリック様《さま》の邪魔《じゃま》はさせぬぞ……！」

「ブレイドナイト～！　しっかりしてよ、ぼくだよ、カービィだよ～！」

「おまえは、ピンクの悪魔《あくま》だ……！」

ブレイドナイトは剣《けん》をぬき、カービィを追《お》い散《ち》らして、ガリック男爵《だんしゃく》の後《あと》を追《お》った。

「まって、ブレイドナイト！　行《い》っちゃダメ！　戻《もど》ってきて！」

カービィの必死《ひっし》の呼《よ》びかけにも、振《ふ》り返《かえ》らない。

たちまち、男爵《だんしゃく》とブレイドナイトは姿《すがた》を消《け》してしまった。

6 メタナイトの推理《すいり》

いっぽう、ケーキ工場《こうじょう》から飛《と》び出《だ》したメタナイトとマローナ姫《ひめ》は、王宮《おうきゅう》の裏庭《うらにわ》ににげこんでいた。

小《ち》さな噴水《ふんすい》の前《まえ》で、メタナイトはやっと足《あし》を止《と》めた。マローナ姫《ひめ》は、石《いし》だたみにひざをついて、はずんだ息《いき》をととのえた。

「……ひどいわ……わたし、こんなに長《なが》い距離《きょり》を走《はし》ったことなんてないのに」

文句《もんく》を言《い》った姫《ひめ》に、メタナイトはそっけなく答《こた》えた。

「それは悪《わる》かった。あなたが、王宮育《おうきゅうそだ》ちのたおやかな姫君《ひめぎみ》だということを、うっかり忘《わす》れていた」

「……え？」

「なにしろ、ケーキ屋《や》をおそったり、工場《こうじょう》を破壊《はかい》したり、あまりに乱暴《らんぼう》なふるまいが目《め》についたのでね」

「……！」

姫《ひめ》は赤《あか》くなって、メタナイトをにらんだ。

メタナイトは、紙《かみ》につつまれたプチケーキを取《と》り出《だ》し、姫《ひめ》に差《さ》し出《だ》した。

「食《た》べたまえ。それで少《すこ》しは気《き》がおちつくだろう」

「……え？　どうしたの、これ？」

「さっき、王立《おうりつ》ケーキ工場《こうじょう》からいただいてきたのさ」

「いつのまに……」

「いらないのか？」

「……いただくわ」

姫《ひめ》は、もぎ取《と》るようにケーキをうばい、ひと口《くち》でペロリと食《た》べてしまった。

たちまち、姫《ひめ》はしあわせそうな笑顔《えがお》になった。

「おいしい……！　これ、わたしが大好《だいす》きな、ひと口《くち》アップルパイよ。王立《おうりつ》ケーキ工場《こうじょう》の、自慢《じまん》の一品《いっぴん》なの」

プチサイズのケーキは、あっという間《ま》になくなった。姫《ひめ》は、もの足《た》りなそうだった。

メタナイトはそれには気《き》づかないふりをして、言《い》った。

「ガリックの術《じゅつ》は、大好《だいす》きなものやたいせつなものを思《おも》い浮《う》かべると、打《う》ち消《け》される。大《だい》好《す》きなアップルパイが、あなたを正気《しょうき》に返《かえ》したようだ……と言《い》いたいところだが」

マローナ姫《ひめ》は顔《かお》を上《あ》げて、メタナイトを見《み》た。

メタナイトはつづけた。

「そうではないだろう。あなたは、とっくに自分《じぶん》を取《と》り戻《もど》していた」

「……！」

姫《ひめ》は息《いき》をのんだ。

「ガリックをあざむき、術《じゅつ》にかかったふりをしていただけだ。そうだろう？」

「……どうしてわかったの？」

「あなたは、フルーツケーキ部長《ぶちょう》を助《たす》けようとした」

メタナイトが言《い》うと、マローナ姫《ひめ》はハッとした。

「ガリックがナイフを投《な》げようとしたとき、とっさに部長《ぶちょう》をかばおうとした。自分《じぶん》の危険《きけん》もかえりみずに。あの光景《こうけい》を見《み》たとき、確信《かくしん》したのだ。あなたは、術《じゅつ》にかかってなどいないと」

姫《ひめ》はしばらくためらってから、言《い》った。

「あいつの術《じゅつ》は、何度《なんど》もくり返《かえ》すと、ききめがなくなるみたいなの。バニラ通《どお》りのケーキ屋《や》さんをおそった時《とき》は、あいつの言《い》いなりだったけど、あれが最後《さいご》よ。わたしにはもう、あいつの術《じゅつ》はきかないわ」

「では、王立《おうりつ》ケーキ工場《こうじょう》をおそったのは、あなた自身《じしん》の意志《いし》ということか」

「……ええ、そうよ。あばれまくって、工場《こうじょう》

をこわしてしまうつもりだったの」

「なぜだ」

「それほどひどいことをすれば、お父様《とうさま》だってわたしのことを見《み》はなすはず。わたしは、もう王女《おうじょ》ではいられなくなるにちがいない……そう思《おも》ったの」

「……なぜ、そんなことを」

姫《ひめ》はメタナイトを見《み》ると、首《くび》をふった。

「あなたには、わからないわ、メタナイト。わたしの気持《きも》ちなんて」

「……」

「あなたみたいに、自由気《じゆうき》ままに生《い》きている人《ひと》がうらやましい。わたしは……いつも、ほんとうの自分《じぶん》をかくして、上品《じょうひん》でおとなしい王女《おうじょ》のふりをしてきたのよ」

姫《ひめ》は、悲《かな》しそうにため息《いき》をついた。

「ほんとのわたしは、みんなが思《おも》ってるような良《よ》い子《こ》じゃない。なまけ者《もの》だし、おてんばだし、ものすごく食《く》いしんぼうなの。でも、人前《ひとまえ》では上品《じょうひん》でおとなしい、優等生《ゆうとうせい》のふりをしてきたわ」

「……ふむ」

「お母様《かあさま》がいたころは、しあわせだったわ。お母様《かあさま》の前《まえ》では、自由《じゆう》にふるまうことができた。でも、お母様《かあさま》がなくなってからは……みんなが、わたしに期待《きたい》しすぎるの。お母様《かあさま》のような、りっぱな女性《じょせい》になってほしいって……」

姫《ひめ》は、声《こえ》をふるわせた。

「お父様《とうさま》だって、ほんとうのわたしを知《し》らない。マローナは良《よ》い子《こ》だ、王家《おうけ》のほこりだって、ほめるばかり。だからわたしは、大声《おおごえ》で笑《わら》うことも、はしゃぐこともできなかった。特大《とくだい》のケーキにかぶりつきたくても、がまんした。いつも注目《ちゅうもく》をあびて、ほめられて……どれほどきゅうくつだったか、あなたにわかる？」

「……いや」

「ガリック男爵《だんしゃく》にあやつられたことは、くやしいわ。でも、わたし、王宮《おうきゅう》を離《はな》れてはじめて、自由《じゆう》になれたのよ。もう、戻《もど》りたくない。ぜったいに」

「それが、あなたの心《こころ》からの願《ねが》いなのか」

「……そうよ」

「ならば、好《す》きにするがいい」

メタナイトは姫《ひめ》に背《せ》を向《む》け、歩《ある》き出《だ》した。

マローナ姫《ひめ》は、びっくりして声《こえ》をかけた。

「え!?　なんて言《い》ったの……!?」

メタナイトは足《あし》を止《と》めて答《こた》えた。

「好《す》きにしろと言《い》ったのだ。王宮《おうきゅう》に戻《もど》りたくないなら、戻《もど》らなくていい」

「な……なんですって!?　あなた、わたしを連《つ》れ戻《もど》すよう、お父様《とうさま》に命《めい》じられたんでしよ？」

「私《わたし》は自由《じゆう》だ。だれの命令《めいれい》も受《う》けない」

メタナイトはまた、歩《ある》き出《だ》した。

姫《ひめ》は、うろたえて大声《おおごえ》を上《あ》げた。

「ちょ、ちょっと待《ま》ってよ。本気《ほんき》なの？　ほんとうに、わたしを連《つ》れ戻《もど》さないの？」

「ああ」

「わたし、ガリック男爵《だんしゃく》のもとへ行《い》っちゃうわよ？　永久《えいきゅう》に王宮《おうきゅう》には戻《もど》らないわよ？」

「好《す》きにしたまえ」

「ほ、ほんとよ？　国宝《こくほう》のレシピブックだって、返《かえ》さないわよ？　き、聞《き》いてるの？　メタナイト〜!?」

メタナイトはもう相手《あいて》にせず、どんどん歩《あゆ》み去《さ》ってしまった。

姫《ひめ》は、呆然《ぼうぜん》としてつぶやいた。

「メタナイト……なんてヤツなの……わたし、本気《ほんき》なのに……」

姫《ひめ》はしばらく、みれんがましく、噴水《ふんすい》のまわりをうろうろしていた。

だが、ようやく心《こころ》が決《き》まった。

「……そっちがその気《き》なら、いいわよ、もう！　わたし、本気《ほんき》でガリック男爵《だんしゃく》の仲間《なかま》になってやる。自由気《じゆうき》ままに生《い》きてやるんだから！」

姫《ひめ》は思《おも》いきって、メタナイトとは反対《はんたい》の方向《ほうこう》に駆《か》け出《だ》した。


宮殿《きゅうでん》にもどったカービィたちは、広間《ひろま》に集《あつ》まっていた。

そこへ、メタナイトが帰《かえ》ってきた。カービィが真《ま》っ先《さき》に駆《か》け寄《よ》った。

「メタナイト、おかえり！　……あれ？　一人《ひとり》？　お姫様《ひめさま》は？」

「王女《おうじょ》は、宮殿《きゅうでん》には戻《もど》りたくないそうだ」

メタナイトの答《こた》えに、デデデ大王《だいおう》が目《め》をむいた。

「なんだと？　ガリックの催眠術《さいみんじゅつ》が、とけなかったのか？」

「いや、とけた。だが、戻《もど》りたくないと言《い》うのだ。しかたあるまい」

「なんだと〜!?　では、姫《ひめ》は……」

「ガリックのもとへ帰《かえ》った」

「えええ〜!?」

全員《ぜんいん》が声《こえ》をそろえた。侍女《じじょ》は、ショックのあまり、気絶《きぜつ》しそうになった。

デデデ大王《だいおう》は、飛《と》び上《あ》がってメタナイトをどなりつけた。

「きさま、止《と》めなかったのか!?　せっかく、姫《ひめ》を連《つ》れ出《だ》しておきながら……!」

「本人《ほんにん》がのぞんだことだ。むりやり引《ひ》っぱってくるわけにもいくまい」

「ばかものーっ！　とんだ役立《やくた》たずだわい！　やはり、きさまなんかにまかせず、オレ様《さま》が姫《ひめ》を救《すく》うべきだったわい！」

「あ、あの、メタナイト様《さま》……」

侍女《じじょ》が、よろよろしながらメタナイトにたずねた。

「姫様《ひめさま》が、ほんとうに、そうおっしゃったのですか？　王宮《おうきゅう》に戻《もど》りたくないなんて」

「ああ。はっきり、そう言《い》った」

「ガリックの催眠術《さいみんじゅつ》のせいではなく……？」

「そうだ。術《じゅつ》はとけたが、マローナ姫《ひめ》は戻《もど》りたくないそうだ」

「なぜ……！」

侍女《じじょ》は、顔《かお》をおおって泣《な》きくずれてしまった。

「ガリックに毒《どく》されて、姫様《ひめさま》はおかしくなってしまったのですわ！　だれよりもやさしくて、すなおで、みんなのお手本《てほん》だったあの姫様《ひめさま》が……！」

「やれやれ、だ。それが嫌《いや》で、姫《ひめ》は逃《に》げ出《だ》したのさ」

メタナイトは、小声《こごえ》でつぶやいた。

「え？　何《なに》か、おっしゃいましたか？」

「いや、何《なに》も。そんなことより、さっきから気《き》になっているのだが」

メタナイトは、ソードナイトを見《み》た。

「一人《ひとり》足《た》りない。ブレイドナイトはどうした？」

「それが……」

ソードナイトは、ぐったりして答《こた》えた。

「あいつは、ガリックの術《じゅつ》にかかってしまったんです。ガリックといっしょに、姿《すがた》を消《け》してしまいました」

「なんだと……!?」

メタナイトは、うめいた。

「しまった……もっと警戒《けいかい》するべきだった。無事《ぶじ》でいてくれ、ブレイドナイト……」

侍女《じじょ》が、怒《おこ》って言《い》った。

「まあ、メタナイト様《さま》。姫様《ひめさま》のことは、ぜんぜん心配《しんぱい》してなかったのに。まるで、ブレイドナイトさんのほうが、たいせつなようですわ！」

「当《あ》たり前《まえ》だろう。ブレイドナイトは、私《わたし》の大事《だいじ》な部下《ぶか》だ」

「まあ、姫様《ひめさま》は大事《だいじ》じゃないと言《い》うのですか！　無礼《ぶれい》な！」

「ソードナイト、おまえは無事《ぶじ》でよかった」

メタナイトは侍女《じじょ》を無視《むし》して、ソードナイトに言《い》った。

ソードナイトは、きまり悪《わる》そうに答《こた》えた。

「俺《おれ》は、その……カービィに吸《す》いこまれてたものですから……」

「……ああ、なるほど」

メタナイトは、うなずいた。

「とにかく、ガリックを追《お》おう。ブレイドナイトを助《たす》けるぞ」

「だけど、場所《ばしょ》がわからないよ！」

カービィが、くやしそうに言《い》った。

「ぼく、追《お》いかけようとしたけど、見失《みうしな》っちゃったんだ！」

デデデ大王《だいおう》がうなった。

「ウムム……また、姫《ひめ》がどこかのケーキ屋《や》をおそうのを待《ま》つしかないのか……」

「その必要《ひつよう》はない。ガリックの隠《かく》れ家《が》は、これでわかる」

「え？」

みんなの注目《ちゅうもく》をあびて、メタナイトは小《ちい》さな装置《そうち》を取《と》り出《だ》し、手《て》の上《うえ》にのせた。

ワドルディがたずねた。

「なんですか、それ？」

「追跡装置《ついせきそうち》だ。発信機《はっしんき》から出《で》ている電波《でんぱ》をとらえて、場所《ばしょ》を知《し》ることができる。これがあれば、ガリックの居場所《いばしょ》がわかるぞ」

「発信機《はっしんき》……って？」

「姫《ひめ》に取《と》りつけてある」

「え!?」

「さっき、姫《ひめ》のすきを見《み》て、さりげなく服《ふく》に貼《は》りつけておいた。とても小《ちい》さくて目立《めだ》たないものだから、気《き》づかれることはないはずだ」

ソードナイトが叫《さけ》んだ。

「それで、わざとお姫様《ひめさま》をガリック男爵《だんしゃく》のもとへ帰《かえ》したんですね！　やつの隠《かく》れ家《が》をつきとめるために！さすがはメタナイト様《さま》です！」

「わざと……ではないがな。あくまでも、姫《ひめ》の意志《いし》を尊重《そんちょう》した結果《けっか》だ」

カービィが、はりきって叫《さけ》んだ。

「よーし！　ガリック男爵《だんしゃく》をやっつけにいくよ～！」

「いよいよ、オレ様《さま》の力《ちから》の見《み》せどころだわい！」

腕《うで》まくりをしたデデデ大王《だいおう》に、メタナイトは言《い》った。

「いや、君《きみ》とワドルディはここで待《ま》っていてくれ」

「なんだと!?　オレ様《さま》に留守番《るすばん》をさせる気《き》か!?」

「ガリックの赤《あか》い宝石《ほうせき》は、とても危険《きけん》だ。また君《きみ》が術《じゅつ》にかかったら、手《て》に負《お》えない」

「ムム……」

デデデ大王《だいおう》は、反論《はんろん》できなかった。赤《あか》い宝石《ほうせき》のおそろしさは、身《み》にしみている。

大王《だいおう》は、しぶしぶ言《い》った。

「わかったわい！　では、オレ様《さま》は……」

デデデ大王《だいおう》は少《すこ》し考《かんが》えて、ぽんと手《て》を打《う》った。

「メタナイト、きさまがガリックを退治《たいじ》し、姫《ひめ》を連《つ》れ戻《もど》すことができれば、メレンゲ王《おう》の誕生《たんじょう》パーティは予定《よてい》どおりに開《ひら》かれるのだな？」

「メレンゲール十三世《せい》だ。もちろん、姫《ひめ》が無事《ぶじ》にもどればな」

「よし、ではオレ様《さま》は、パーティのしたくを整《ととの》えておいてやるわい」

「君《きみ》が？　しかし、したくと言《い》っても、何《なに》を……」

「もちろん、ごちそうの準備《じゅんび》に決《き》まっているだろうが！　オレ様《さま》が腕《うで》によりをかけて、ワドルディをこき使《つか》ってやる！　盛大《せいだい》なパーティを用意《ようい》しておくから、必《かなら》ず姫《ひめ》を連《つ》れ戻《もど》してこい！」

「わ〜い、パーティ、パーティ！」

カービィは、早《はや》くもパーティが始《はじ》まったかのように、はしゃぎ回《まわ》った。

メタナイトは言《い》った。

「もちろんガリックは倒《たお》すが、姫《ひめ》のことはわからないぞ。はたして、戻《もど》ってくるかどうか、それは姫《ひめ》の心《こころ》しだいだ」

それを聞《き》くと、デデデ大王《だいおう》は両手《りょうて》を振《ふ》り上《あ》げて怒《おこ》り出《だ》した。

「何《なに》を言《い》ってる！　姫《ひめ》が戻《もど》らなきゃ、パーティが始《はじ》まらんだろうが！　首《くび》になわをかけてでも、引《ひ》っぱってこい！」

「ことわる」

「なんだと⁉　メタナイト！」

「マローナ姫《ひめ》の心《こころ》は自由《じゆう》だ。だれも、命令《めいれい》することはできない。王宮《おうきゅう》に戻《もど》るかどうかは、姫《ひめ》が決《き》めることだ」

メタナイトの声《こえ》は静《しず》かだが、いつにもまして、迫力《はくりょく》があった。さすがのデデデ大王《だいおう》も、言《い》い返《かえ》すのをやめた。

「……フン。わかったわい。とにかく、オレ様《さま》はごちそうを準備《じゅんび》する。パーティが中止《ちゅうし》になったら、オレ様《さま》が男《おとこ》らしく責任《せきにん》をとって、ぜんぶ一人《ひとり》で食《た》べてやるわい！」

デデデ大王《だいおう》はその光景《こうけい》を思《おも》い浮《う》かべて、にんまりした。

ソードナイトが言《い》った。

「メタナイト様《さま》、俺《おれ》はどうすればいいですか？　俺《おれ》も、足手《あしで》まといにならないように、ここで待《ま》っていたほうがいいですか？」

「いや、おまえはいっしょに来《こ》い」

「でも、あの赤《あか》い宝石《ほうせき》を使《つか》われたら……」

しりごみするソードナイトに、メタナイトは言《い》った。

「おまえの力《ちから》が必要《ひつよう》なんだ。カービィと力《ちから》を合《あ》わせて戦《たたか》うのだ、ソードナイト」

「……ようするに、吸《す》いこまれ役《やく》ってことですね……ううっ」

「行《い》こう！　出発《しゅっぱつ》、出発《しゅっぱつ》〜！」

カービィが、遠足《えんそく》にでも行《い》くような声《こえ》で叫《さけ》んだ。

「がんばってね、カービィ！　ケガをしないでくださいね、メタナイト様《さま》！」

ワドルディの声援《せいえん》を受《う》けて、メタナイトたちは王宮《おうきゅう》を後《あと》にした。

7 赤《あか》い宝石《ほうせき》の力《ちから》

「あなたは、ずいぶんたくさん隠《かく》れ家《が》をもってるのね」

マローナ姫《ひめ》は、感心《かんしん》したように言《い》った。

ガリック男爵《だんしゃく》は、うす笑《わら》いを浮《う》かべて答《こた》えた。

「我《わ》が輩《はい》の計画《けいかく》は、つねに完璧《かんぺき》なのだよ。宝《たから》を手《て》に入《い》れるために、準備《じゅんび》はおこたらない」

「……さすがね」

ガリック男爵《だんしゃく》とマローナ姫《ひめ》、それにブレイドナイトの三人《にん》は、首都《しゅと》から少《すこ》しはなれたところにある、古《ふる》いとりでの中《なか》にいた。

むかし、あらそいが絶《た》えなかった時代《じだい》に造《つく》られたものだが、この星《ほし》に平和《へいわ》がおとずれてからは使《つか》われなくなった。今《いま》では、近《ちか》づく者《もの》もいない、廃墟《はいきょ》になっている。

ガリック男爵《だんしゃく》は、このとりでに家具《かぐ》やじゅうたんを運《はこ》びこんで、快適《かいてき》な隠《かく》れ家《が》に仕立《した》てあげていた。外《そと》から見《み》れば、ただの廃墟《はいきょ》だが、中《なか》はちょっとしたお屋敷《やしき》なみに豪華《ごうか》だ。

部屋《へや》のとびらが開《ひら》き、むらさき色《いろ》の小《ちい》さな者《もの》が入《はい》ってきた。手《て》には、長《なが》いやりを持《も》っている。

「ガリック男爵様《だんしゃくさま》、とりでの見回《みまわ》り終《お》わりました〜。異常《いじょう》なしです〜」

「うむ、ごくろうだった、ヤリナイトコッタよ」

ガリックは、手下《てした》をねぎらった。

「引《ひ》きつづき、警戒《けいかい》しろ。とりでに近《ちか》づく者《もの》は、かたっぱしから追《お》いはらえ。傷《きず》つけてもかまわん」

「はいー！」

ヤリナイトコッタは、勇《いさ》んで出《で》て行《い》った。

マローナ姫《ひめ》が言《い》った。

「あんな手下《てした》まで用意《ようい》して。あれは、何者《なにもの》なの？　わがシフォン星《せい》の住民《じゅうみん》じゃないみたいだけど……」

「フフン……何者《なにもの》でもよいだろう。我《わ》が輩《はい》には、忠実《ちゅうじつ》な部下《ぶか》がたくさんいるのだよ。我《わ》が輩《はい》のためなら、命《いのち》もおしまない部下《ぶか》がね」

ガリック男爵《だんしゃく》は意味《いみ》ありげなほほえみを浮《う》かべ、ブレイドナイトを見《み》た。

「おまえもその一人《ひとり》だ、ブレイドナイト」

「もちろんです、ガリック様《さま》。ガリック様《さま》のためなら、この命《いのち》もおしくありません……」

ブレイドナイトは、うつろな声《こえ》で答《こた》えた。

いつもの彼《かれ》とはまったくちがう、感情《かんじょう》のこもらない声《こえ》だった。マローナ姫《ひめ》は、不安《ふあん》そうな目《め》でブレイドナイトを見《み》た。

ガリック男爵《だんしゃく》は言《い》った。

「よろしい、ブレイドナイト。ではさっそく計画《けいかく》を進《すす》めよう。我《わ》が輩《はい》のねらいは、王座《おうざ》だ」

「王座《おうざ》？」

マローナ姫《ひめ》が問《と》い返《かえ》すと、ガリックはうなずいた。

「そう。邪悪《じゃあく》なメレンゲール十三世《せい》を暗殺《あんさつ》し、我《わ》が輩《はい》が王《おう》となるのだ」

「……暗殺《あんさつ》ですって!?　お父様《とうさま》を!?」

マローナ姫《ひめ》の声《こえ》が、かんだかくはね上《あ》がった。

「おやおや、今《いま》さら何《なに》をおどろくのかね。我《わ》が輩《はい》こそ王《おう》にふさわしいと言《い》ったのは、姫《ひめ》ではないか」

「わ、わたしが、そんなことを……？」

「わすれたのかね？」

細《ほそ》い目《め》で見《み》つめられて、マローナ姫《ひめ》はあわてて首《くび》をふった。

「いいえ、もちろん、覚《おぼ》えてるわ。でも……暗殺《あんさつ》なんておそろしいことはやめて！」

マローナ姫《ひめ》は、必死《ひっし》の表情《ひょうじょう》でうったえた。

「わたしがお父様《とうさま》を説得《せっとく》するわ。ガリック男爵《だんしゃく》に王位《おうい》をゆずって、引退《いんたい》してくださいって。わたしとお父様《とうさま》は首都《しゅと》をはなれて、いなかの村《むら》に住《す》むわ。王家《おうけ》の身分《みぶん》をすてて、ふつうの親子《おやこ》みたいに、仲良《なかよ》くくらす。それでいいでしょ？」

「いや、だめだね、心弱《こころよわ》き姫《ひめ》よ」

ガリック男爵《だんしゃく》は、残酷《ざんこく》な声《こえ》で言《い》った。

「国王《こくおう》を生《い》かしておいては、我《わ》が輩《はい》の身《み》が危険《きけん》だ。メレンゲール十三世《せい》には、この世《よ》を去《さ》ってもらわねば」

「そんな……！」

マローナ姫《ひめ》は、まっさおになった。

ガリック男爵《だんしゃく》は、ブレイドナイトに言《い》った。

「ブレイドナイトよ、おまえは我《わ》が輩《はい》を守《まも》り、戦《たたか》え。あのメタナイトめが、邪魔《じゃま》をするに決《き》まっているからな」

「メタナイト……」

「うむ、あの大悪人《だいあくにん》を倒《たお》し、宇宙《うちゅう》の平和《へいわ》を守《まも》るのだ。ブレイドナイトよ、首尾《しゅび》よくメタナイトを倒《たお》すことができたら、おまえを将軍《しょうぐん》にしてやろう。最高《さいこう》の名誉《めいよ》だぞ」

「メタナイト……メタ……ナイト……？」

ブレイドナイトは苦《くる》しそうにつぶやいて、手《て》をにぎりしめた。

その手《て》がふるえ出《だ》し、彼《かれ》は顔《かお》を上《あ》げた。

「メタナイト様《さま》が大悪人《だいあくにん》だって？　そんな……そんなわけがあるか！」

メタナイトは、ブレイドナイトにとって、だれよりも大事《だいじ》な主君《しゅくん》。

彼《かれ》につかえてきた日々《ひび》の思《おも》い出《で》がよみがえり、ブレイドナイトはやっと正気《しょうき》を取《と》り戻《もど》した。

「俺《おれ》は……何《なに》をしてるんだ？　なぜ、こんなところに……？　くそっ……またしても、きさまの催眠術《さいみんじゅつ》か！」

ブレイドナイトはすばやく剣《けん》をぬき、ガリック男爵《だんしゃく》に突《つ》きつけた。

男爵《だんしゃく》はおちつきはらって、ふところから赤《あか》い宝石《ほうせき》を取《と》り出《だ》した。

「乱暴《らんぼう》なことはやめたまえ、ブレイドナイトよ。この美《うつく》しいマリス・ストーンを見《み》て、気《き》持《も》ちをしずめなさい」

その声《こえ》にこたえるように、赤《あか》い宝石《ほうせき》はかがやきを増《ま》した。

ブレイドナイトは、剣《けん》を下《お》ろして、どんよりした声《こえ》で言《い》った。

「……もうしわけありません、ガリック様《さま》」

「わかればよろしい。頼《たよ》りにしているぞ、ブレイドナイト」

「はっ」

次《つぎ》に、男爵《だんしゃく》は、姫《ひめ》の目《め》の前《まえ》にマリス・ストーンを突《つ》きつけた。

姫《ひめ》は、まばたきもせずに、宝石《ほうせき》をにらんでいる。

その表情《ひょうじょう》を見《み》て、ガリック男爵《だんしゃく》は首《くび》をかしげた。

「おや？　何《なに》か様子《ようす》がおかしいね……姫《ひめ》よ、どうかしたかね？」

「……どうもしないわ」

マローナ姫《ひめ》は、首《くび》をふった。

「あなたは正《ただ》しいわ、ガリック男爵《だんしゃく》。お父様《とうさま》を暗殺《あんさつ》し、王位《おうい》をうばいましょう。この星《ほし》のケーキ屋《や》を、一軒《いっけん》のこらず焼《や》きはらってやるわ」

「よろしい。ようやく、正《ただ》しい考《かんが》えを取《と》りもどしたのだね」

男爵《だんしゃく》は満足《まんぞく》そうに、ほくそ笑《え》んだ。

マローナ姫《ひめ》は、その顔《かお》を見《み》て、怒《いか》りをこらえるのに必死《ひっし》だった。

（ふん、ばかもの！　わたしにはもう、そんな石《いし》ころ、きかないわよ！　わたし、なんでこんなインチキ野郎《やろう》にだまされてたのかしら！　お父様《とうさま》を暗殺《あんさつ》するだなんて、よくもそんな恐《おそ》ろしいことを考《かんが》えたわね！　ぜったい、ゆるさないから！）

だが、今《いま》は催眠術《さいみんじゅつ》にかかったふりを続《つづ》けたほうがいい。姫《ひめ》は、とっさにそう判断《はんだん》したのだった。

「男爵《だんしゃく》たちは、あの古《ふる》いとりでの中《なか》にいるようだ」

メタナイトは、追跡装置《ついせきそうち》をたしかめながら言《い》った。

丘《おか》の上《うえ》に、古《ふる》ぼけたとりでが建《た》っている。

ソードナイトが言《い》った。

「あんなボロボロの廃墟《はいきょ》、だれも近《ちか》づきませんよね。ガリックのやつ、用意《ようい》がいいな」

「ガリックは、ぬけめのない男《おとこ》だ。油断《ゆだん》するなよ、カービィ」

「だいじょーぶ！　まかせて！」

「では、突入《とつにゅう》だ。ソードナイト、おまえは……」

「……わかってます。かくごはできてます」

ソードナイトはあきらめ顔《がお》で、カービィのほうを向《む》いた。

「ブレイドナイトとマローナ姫様《ひめさま》を助《たす》けるためだ。俺《おれ》の力《ちから》、生《い》かしてくれよ、カービィ」

「うん！　いくよ～！」

カービィはソードナイトを吸《す》いこんだ。

たちまち、頭《あたま》の上《うえ》に、緑《みどり》の帽子《ぼうし》。そして手《て》には、かがやく剣《けん》。

「『ソード』の能力《のうりょく》をコピーしたよ！　行《い》こう、メタナイト！」

「ああ。私《わたし》は、ガリックの赤《あか》い宝石《ほうせき》には立《た》ち向《む》かえない。そちらは君《きみ》にまかせる。私《わたし》は、ブレイドナイトとマローナ姫《ひめ》を引《ひ》き受《う》ける」

「りょ～かい！」

メタナイトとカービィは、カチッと音《おと》を立《た》てて剣《けん》を合《あ》わせた。

「行《い》こう」

二人《ふたり》は、翼《つばさ》がはえたような速《はや》さで、丘《おか》の上《うえ》のとりでに向《む》かっていった。


静《しず》かなとりでに、突然《とつぜん》、雷《かみなり》のような大《おお》きな音《おと》がひびきわたった。

ブレイドナイトとマローナ姫《ひめ》は、おどろいて飛《と》び上《あ》がった。

とびらがバタンと音《おと》を立《た》ててひらき、ヤリナイトコッタが駆《か》けこんできた。

「た、たいへんです、ガリック様《さま》！　あやしい連中《れんちゅう》が攻《せ》めてきました！　門《もん》を破《やぶ》られちゃいました～！」

そう聞《き》いても、ガリックは余裕《よゆう》を失《うしな》わなかった。

「襲撃《しゅうげき》くらいで、うろたえるな。門番《もんばん》の君《きみ》が食《く》い止《と》めなくてどうするのかね、ヤリナイトコッタよ」

「で、でも、敵《てき》はめちゃくちゃ強《つよ》くて！　仮面《かめん》の剣士《けんし》と、ピンク色《いろ》の悪魔《あくま》みたいなやつで……！」

「フフン、やはりな」

ガリックは立《た》ち上《あ》がった。

「メタ……」

マローナ姫《ひめ》が、メタナイトの名《な》を口《くち》にしかけたが、ガリックはすばやく指《ゆび》を立《た》てて、姫《ひめ》をだまらせた。

「その名《な》を口《くち》にしてはいけない、おろかなる姫《ひめ》よ。ブレイドナイトがおかしくなってしまうからな」

「……わかったわ」

「宇宙一《うちゅういち》の大悪人《だいあくにん》が、早《はや》くもこの隠《かく》れ家《が》を見《み》つけてしまったようだ。やつらを片《かた》づけて、一気《いっき》に王座《おうざ》をめざすぞ」

「はっ、ガリック様《さま》」

ブレイドナイトは、うやうやしく礼《れい》をした。

そこへ、メタナイトとカービィが飛《と》びこんできた。

ブレイドナイトはすばやく剣《けん》をぬいて、メタナイトの前《まえ》におどり出《で》た。

「ブレイドナイト!」

メタナイトが叫《さけ》ぶ。

ブレイドナイトは、無言《むごん》でメタナイトに斬《き》りかかった。

メタナイトは攻撃《こうげき》を剣《けん》で受《う》け止《と》めると、叫《さけ》んだ。

「しっかりしろ、ブレイドナイト。私《わたし》だ、メタナイトだ」

「……」

「おまえは私《わたし》の大事《だいじ》な部下《ぶか》。思《おも》い出《だ》すんだ、私《わたし》やソードナイトのことを」

ブレイドナイトの動《うご》きが止《と》まった。

「ソード……ナイト……？」

「そうだ。私《わたし》はメタナイト。そしておまえは、ほこり高《たか》き剣士《けんし》、ブレイドナイト！」

ブレイドナイトは、呆然《ぼうぜん》として、剣《けん》を下《お》ろした。

術《じゅつ》が、とけかけている。

口《くち》を開《ひら》いたのは、ガリック男爵《だんしゃく》だった。

「そこまでだよ、メタナイト君《くん》。我《わ》が輩《はい》の忠実《ちゅうじつ》な部下《ぶか》に、おかしなことを吹《ふ》きこまないでくれたまえ」

「……ガリック！」

「ブレイドナイトよ、大悪人《だいあくにん》の言葉《ことば》に耳《みみ》を貸《か》すな。その者《もの》を倒《たお》せば、おまえは将軍《しょうぐん》だぞ」

「……将軍《しょうぐん》……？」

「そうだ。ほうびとして、なんでも好《す》きなものをやるぞ。我《わ》が輩《はい》のために戦《たたか》いたまえ、ブレイドナイトよ！」

ガリック男爵《だんしゃく》はふところから赤《あか》い宝石《ほうせき》を取《と》り出《だ》し、高《たか》くかかげた。

メタナイトは、すばやく目《め》をふせた。

ブレイドナイトは剣《けん》をかまえなおすと、大声《おおごえ》を上《あ》げて、メタナイトに斬《き》りかかった。

「おまえは……宇宙《うちゅう》の平和《へいわ》を乱《みだ》し、ガリック様《さま》を苦《くる》しめる大悪人《だいあくにん》！　かくごしろ！」

「ブレイドナイト！」

剣《けん》の腕前《うでまえ》は、メタナイトのほうが圧倒的《あっとうてき》に上《うえ》。

しかし、目《め》をふせたままでは戦《たたか》えない。ブレイドナイトの剣《けん》が、メタナイトを傷《きず》つけそうになったとき——。

「ダメだよ〜、ブレイドナイト！　しっかりして！」

カービィが割《わ》って入り、ブレイドナイトの剣《けん》を、自分《じぶん》の剣《けん》ではじき返《かえ》した。

「出《で》たな、ピンクの悪魔《あくま》め！」

「悪魔《あくま》じゃないってば！　ぼくだよ、カービィだよ！」

「おまえも大悪人《だいあくにん》の仲間《なかま》か！　退治《たいじ》してやるぞ！」

「もう〜！　わからずや！」

戦《たたか》っているカービィとブレイドナイトを見《み》て、ガリック男爵《だんしゃく》は首《くび》をかしげた。

「あのピンク色《いろ》のぼうやには、なぜマリス・ストーンの力《ちから》が通用《つうよう》しない……？　おかしいな。石《いし》の力《ちから》がうすれてしまったのか……？」

ガリック男爵《だんしゃく》は、マリス・ストーンを指《ゆび》でつまんで、まじまじとながめた。

その背後《はいご》から、マローナ姫《ひめ》が足音《あしおと》をしのばせて近《ちか》づいた。

男爵《だんしゃく》は、まったく警戒《けいかい》していない。

すきをついて、姫《ひめ》は思《おも》いきって男爵《だんしゃく》に飛《と》びかかった。

「うわっ!?　何《なに》をする!?」

男爵《だんしゃく》は大声《おおごえ》を上《あ》げた。姫《ひめ》は、男爵《だんしゃく》から宝石《ほうせき》をうばい取《と》ろうと、無我夢中《むがむちゅう》。

「その宝石《ほうせき》をよこしなさい、ばかもの！　あんたの思《おも》いどおりには、させないわ！」

「な……!?　じゅ、術《じゅつ》がとけたのか、たけだけしき姫《ひめ》よ！」

「ふんっ、わたしにはもう、おまえのインチキ催眠術《さいみんじゅつ》なんか通用《つうよう》しないのよ！　よこしなさいってば、このヒョロヒョロ野郎《やろう》！」

「な……何《なに》——!?　ぶ、無礼千万《ぶれいせんばん》！」

男爵《だんしゃく》は顔《かお》をまっかにし、姫《ひめ》をつきとばした。

姫《ひめ》は、宝石《ほうせき》をもぎ取《と》ることに成功《せいこう》していた。

けれど、そのからだはふっ飛《と》ばされ、あやうく壁《かべ》に激突《げきとつ》——！

「あぶない、お姫様《ひめさま》！」

カービィが叫《さけ》んで、とっさに姫《ひめ》をかばった。

二人《ふたり》はいっしょに、壁《かべ》にたたきつけられた。

カービィのからだがクッションの役目《やくめ》をはたし、姫《ひめ》には傷《きず》一つない。

けれど、カービィのほうは、そうはいかなかった。姫《ひめ》と壁《かべ》の間《あいだ》で押《お》しつぶされ、ショックで、『ソード』のコピー能力《のうりょく》がはずれてしまった。しかも、目《め》を回《まわ》している。

「たいへん！　しっかりして、ピンクの子《こ》！」

姫《ひめ》はあわてて、カービィをかかえ起《お》こした。

その姫《ひめ》の背後《はいご》に、せまる影《かげ》が三つ。

ガリック男爵《だんしゃく》、ブレイドナイト、そして元《もと》にもどったソードナイトだった。

姫《ひめ》は振《ふ》り返《かえ》って、ぎょっとした。

「あなたたち……あ、いけない！」

姫《ひめ》は、自分《じぶん》が手《て》にしている赤《あか》い宝石《ほうせき》に気《き》がついた。

あわてて手《て》を後《うし》ろに回《まわ》してかくしたが、おそかった。ブレイドナイトばかりか、ソードナイトまでも、宝石《ほうせき》の術《じゅつ》にかかってしまった。

ガリック男爵《だんしゃく》が、カンカンに怒《おこ》って命《めい》じた。

「おまえたち、あの無礼《ぶれい》でわがままで暴《あば》れんぼうの王女《おうじょ》をとらえろ！　手《て》かげんはいらないぞ！」

「はっ、ガリック様《さま》！」

「メタナイト！」

姫《ひめ》は、悲鳴《ひめい》を上《あ》げた。

「助《たす》けて、メタナイト！　顔《かお》を上《あ》げてもだいじょうぶよ、宝石《ほうせき》はわたしがうばったわ！」

その言葉《ことば》を聞《き》くが早《はや》いか、メタナイトは床《ゆか》をけっていた。

まっすぐ、ガリックに斬《き》りつける。

ガリックはひらりとかわすと、大声《おおごえ》で命《めい》じた。

「ブレイドナイト、ソードナイト！　あの大悪人《だいあくにん》をやっつけろ！　何《なん》でも望《のぞ》みのほうびを取《と》らせるぞ！」

「おまえは、ほうびをちらつかせれば、だれでも思《おも》いどおりになると思《おも》っているらしいな」

メタナイトはそう言《い》って、剣《けん》をふるった。

ガリックはナイフを取《と》り出《だ》して投《な》げたが、メタナイトはそれを剣《けん》でたたき落《お》とした。

「ほこり高《たか》き剣士《けんし》は、ほうびにつられたりしない。おまえには、ほこりという言葉《ことば》の意味《いみ》などわからないだろうがな！」

「だまれ！　何《なに》をしている、ブレイドナイト、ソードナイト！」

「はっ、ガリック様《さま》！」

二人《ふたり》はいきおいよく、メタナイトに斬《き》りかかってきた。

真剣勝負《しんけんしょうぶ》なら、二人《ふたり》がかりでもメタナイトにはかなわない。けれど、今《いま》はメタナイトが不利《ふり》だった。二人《ふたり》を傷《きず》つけないよう、手《て》かげんしながら戦《たたか》わなければならないから。

「ブレイドナイト！　ソードナイト！　目《め》をさましてくれ……！」

メタナイトの呼《よ》びかけにも、二人《ふたり》はなかなか反応《はんのう》しなかった。メタナイトは、じりじりと追《お》いつめられてゆく。

その間《あいだ》に、ガリック男爵《だんしゃく》はマローナ姫《ひめ》におそいかかろうとした。

姫《ひめ》は男爵《だんしゃく》の手《て》をかいくぐって、窓辺《まどべ》に走《はし》った。

姫《ひめ》がしようとしていることをさとって、男爵《だんしゃく》が金切《かなき》り声《ごえ》を上《あ》げた。

「やめろ！　マリス・ストーンは、我《わ》が輩《はい》の宝《たから》だぞ――！」

「こんなもの！」

窓《まど》を急《いそ》いで開《ひら》くと、姫《ひめ》は思《おも》いきって宝石《ほうせき》を投《な》げた。

男爵《だんしゃく》が飛《と》びつこうとしたが、間《ま》に合《あ》わなかった。

宝石《ほうせき》は、キラキラ光《ひか》りながら、丘《おか》のふもとのどこかへと落《お》ちていった。

「あああ――！　我《わ》が輩《はい》のいとしいマリス・ストーンよ――！」

ガリック男爵《だんしゃく》は大声《おおごえ》でなげくと、怒《いか》りをこめた目《め》でマローナ姫《ひめ》をにらみつけた。

「きさま……ゆるさんぞ！　よくも、我《わ》が輩《はい》の宝《たから》を……！」

「こっちのセリフよ！　お父様《とうさま》をなきものにしようなんて、ぜったいにゆるさない！」

「だまれ、きさま！」

ガリックは、壁《かべ》ぎわの棚《たな》の上《うえ》に置《お》いてあった大《おお》きな本《ほん》をつかんだ。

姫《ひめ》の目《め》が、もえ上《あ》がる。

「その本《ほん》はわたさないわ！　わが王家《おうけ》に伝《つた》わる、大事《だいじ》なレシピブック！」

「その大事《だいじ》なレシピブックを、ぬすみ出《だ》して我《わ》が輩《はい》に差《さ》し出《だ》したのはだれだったかな？」

「……！　返《かえ》しなさい！」

姫《ひめ》は、ガリック男爵《だんしゃく》に飛《と》びついた。

ガリックは、姫《ひめ》の手《て》をつかんで、ひねり上《あ》げた。

「いたい……っ！」

姫《ひめ》は、思《おも》わず悲鳴《ひめい》を上《あ》げた。ガリックは、姫《ひめ》の手《て》をつかんだまま、窓辺《まどべ》に走《はし》り寄《よ》った。

メタナイトが叫《さけ》んだ。

「まて、ガリック！」

あせった声《こえ》を聞《き》いて、ガリックはようやく、余裕《よゆう》を取《と》りもどした。

「ハッ！　さらばだ、メタナイト君《くん》。レシピブックと姫君《ひめぎみ》はいただいていく」

「姫《ひめ》をはなせ！」

ブレイドナイトとソードナイトが、がっちりメタナイトをはばんでいる。

ガリックはせせら笑《わら》った。

「レシピブックにくらべれば、百分《ぶん》の一の価値《かち》もない姫君《ひめぎみ》だが、人質《ひとじち》にはなるだろう。我《わ》が輩《はい》が無事《ぶじ》に逃《に》げ切《き》るまで、おともをしてもらうよ」

「ガリック！　姫《ひめ》をはなせ！」

「ハハハ！　無事《ぶじ》に逃《に》げ切《き》ったら、解放《かいほう》してあげるよ。我《わ》が輩《はい》の宇宙船《うちゅうせん》から放《ほう》り出《だ》してあげる、という意味《いみ》だがね」

ガリック男爵《だんしゃく》は、あばれる姫《ひめ》の手《て》を引《ひ》いて、窓《まど》から飛《と》び出《だ》した。

窓《まど》の下《した》には、飛行艇《ひこうてい》が待《ま》ち受《う》けていた。操縦席《そうじゅうせき》にいるのは、ヤリナイトコッタ。

ガリックとマローナ姫《ひめ》をのせると、飛行艇《ひこうてい》はぐんぐん高度《こうど》を上《あ》げて、とりでからはなれた。

「ガリック……！」

ブレイドナイトとソードナイトの剣《けん》を受《う》け止《と》めながら、メタナイトはうめいた。

そのとき。

「メタナイト！　ここは、ぼくにまかせて！」

目《め》を回《まわ》していたカービィが、ようやく正気《しょうき》に返《かえ》った。

ブレイドナイトとソードナイトが振《ふ》り返《かえ》る。その二人《ふたり》に向《む》けて、カービィはいきおいよく空気弾《くうきだん》をはき出《だ》した。

「うわ……！」

はじけ飛《と》んだ二人《ふたり》に向《む》かって、「吸《す》いこみ」の体勢《たいせい》に入《はい》る。

メタナイトは叫《さけ》んだ。

「まかせたぞ、カービィ！　二人《ふたり》を傷《きず》つけないでやってくれ！」

返事《へんじ》のかわりに、カービィは思《おも》いっきり息《いき》を吸《す》いこんだ。

8 決着《けっちゃく》の時《とき》

メタナイトはマントを広《ひろ》げて空《そら》を飛《と》び、ガリック男爵《だんしゃく》の飛行艇《ひこうてい》を追《お》いかけた。

追跡《ついせき》に気《き》づいたガリックは、飛行艇《ひこうてい》にそなえつけたマシンガンを乱射《らんしゃ》し、メタナイトをねらってくる。

メタナイトはすばやく攻撃《こうげき》をかわしながら、飛行艇《ひこうてい》にせまった。

「くっ……！　どこまでも、目《め》ざわりなやつ……！」

ガリックがねらいを定《さだ》めようとしたとき、とつぜん、飛行艇《ひこうてい》がガクッとゆれた。

バランスをくずしたガリックは、怒《おこ》って振《ふ》り返《かえ》った。

「どうした、ヤリナイトコッタ……！」

その目《め》に映《うつ》ったのは、意外《いがい》な光景《こうけい》だった。

マローナ姫《ひめ》が、ヤリナイトコッタを押《お》しのけて、操縦《そうじゅう》かんをにぎっている。

ヤリナイトコッタは、姫《ひめ》にしがみついて悲鳴《ひめい》を上《あ》げた。

「や、やめろ〜！　何《なに》をするんだ！　あんた、操縦《そうじゅう》のしかたを知《し》ってるのか!?」

「知《し》るわけないでしょ！」

「墜落《ついらく》しちゃうぞ〜！」

「ガリックに連《つ》れ去《さ》られるぐらいなら、墜落《ついらく》のほうがましよ！」

「何《なに》をしているのだ！」

ガリックは血相《けっそう》をかえて、マローナ姫《ひめ》をはがいじめにした。

マローナ姫《ひめ》は、操縦《そうじゅう》かんを思《おも》いっきりけとばした。飛行艇《ひこうてい》は、大《おお》ゆれにゆれながら落下《らっか》し始《はじ》めた。

「き、きさまぁぁぁ！　なんて乱暴《らんぼう》なことを！　それでも王女《おうじょ》か！」

「もう王女《おうじょ》はやめたのよ！　このマローナ様《さま》をあまく見《み》ないでよね！」

「このバカタレがぁぁぁ！」

ガリックは、なんとか機体《きたい》を立《た》てなおそうとしたが、もはや手《て》おくれだった。コントロールできなくなった飛行艇《ひこうてい》は、ガタガタしながら高度《こうど》を下《さ》げていく。

地面《じめん》にぶつかる寸前《すんぜん》、追《お》いついたメタナイトがマローナ姫《ひめ》をすくい出《だ》した。

飛行艇《ひこうてい》は墜落《ついらく》し、バラバラにこわれてしまった。

「ありがとう、メタナイト！」

「ケガはないか、マローナ姫《ひめ》」

「ええ！」

そのとき、くだけ散《ち》った飛行艇《ひこうてい》の破片《はへん》をかきわけて、ガリック男爵《だんしゃく》が立《た》ち上《あ》がった。

片手《かたて》には、国宝《こくほう》のレシピブック。もう片方《かたほう》の手《て》には、数本《すうほん》のナイフをかまえている。上《じょう》品《ひん》な身《み》なりはボロボロになり、男爵《だんしゃく》という称号《しょうごう》からはほど遠《とお》いすがただった。

その足元《あしもと》で、ヤリナイトコッタがむっくりと起《お》き上《あ》がった。

「だ……男爵《だんしゃく》……様《さま》……」

ヤリナイトコッタは手《て》をのばそうとしたが、ガリックは乱暴《らんぼう》にはらいのけた。

血走《ちばし》った目《め》をして、ガリックはどなった。

「バカタレ姫《ひめ》の言葉《ことば》にまどわされ、王位《おうい》などに目《め》がくらんだのが、我《わ》が輩《はい》のまちがいだった！　このレシピブックだけいただいて、さっさと逃《に》げればよかった！」

「レシピブックはわたさないわ！　返《かえ》しなさい！」

つめ寄《よ》ろうとしたマローナ姫《ひめ》に向《む》けて、ガリックはナイフを投《な》げた。

メタナイトが飛《と》び出《だ》して、ナイフをたたき落《お》とした。

ガリックは、ガラガラした声《こえ》で笑《わら》った。

「王女様《おうじょさま》を守《まも》る騎士《きし》きどりか、メタナイト君《くん》？　君《きみ》には、そんな正義《せいぎ》の味方《みかた》はにあわないと思《おも》うが」

「……」

「君《きみ》のうわさは、いろいろ耳《みみ》にしているよ。いささか、悪《わる》いうわさもね」

ガリックは、メタナイトをいらだたせ、すきを作《つく》らせようとしている。

メタナイトは、そんな手《て》には引《ひ》っかからなかった。

「君《きみ》は、あの盗賊団《とうぞくだん》のドロッチェと付《つ》き合《あ》いがあるそうだね。コソドロのお仲間《なかま》のくせに、我《わ》が輩《はい》を非難《ひなん》できるのかね」

「ドロッチェを侮辱《ぶじょく》するな。彼《かれ》はコソドロなどではない！」

「ハッ、泥棒《どろぼう》は泥棒《どろぼう》だよ。このレシピブックだって、ドロッチェが知《し》ったら目《め》の色《いろ》をかえるだろう。我《わ》が輩《はい》と、どこがちがうというのかね？」

「ドロッチェは、金《かね》のためにぬすむのではない。彼《かれ》が価値《かち》をみとめた宝《たから》だけを、スマートにぬすみ出《だ》すのだ。きさまとはちがう！」

　メタナイトは剣《けん》をふるった。ガリックは、笑《わら》いながら攻撃《こうげき》をかわした。

「金《かね》？　まさか、我《わ》が輩《はい》が金《かね》もうけのためにこのレシピブックをぬすんだと思《おも》っているのかい？　それはちがうよ、メタナイト君《くん》」

「……」

「我《わ》が輩《はい》が宝《たから》を集《あつ》めるのは、いとしいマリス・ストーンのためだ」

「……なんだと？」

「価値《かち》ある宝《たから》を食《く》わせてやれば、マリス・ストーンはよりかがやきを増《ま》し、力《ちから》を強《つよ》めるの

だ！　我《わ》が輩《はい》がぬすむのは、あの美《うつく》しい宝石《ほうせき》がのぞんだものだけ。ぬすんだものをマリス・ストーンにささげ、我《わ》が輩《はい》はより強《つよ》い力《ちから》を得《え》るのだよ！　金《かね》なんか、少《すこ》しもほしくない！」

ガリックの目《め》が、ギラギラとかがやき始《はじ》めた。

メタナイトは、息《いき》をのんだ。

ガリックは、はげしく足《あし》をふみならした。

「だが、そこの暴《あば》れんぼう姫《ひめ》が、我《わ》が輩《はい》からマリス・ストーンをうばってしまった！　我《わ》が輩《はい》はあきらめないぞ！　この星《ほし》の草木《くさき》をすべて焼《や》きはらってでも、かならずあの宝石《ほうせき》を探《さが》し出《だ》してみせるからな！」

ガリック男爵《だんしゃく》は、さっと身《み》をひるがえそうとした。

だが、ヤリナイトコッタが彼《かれ》の足《あし》にしがみついた。

「男爵様《だんしゃくさま》、たいへんです！　見《み》てください！　ここに……！」

「うるさい。きさまなど、もう知《し》らん」

「ここに、マリス・ストーンが！」

「何《なに》!?」

ガリック男爵《だんしゃく》は目《め》をむいた。

ヤリナイトコッタは、飛行艇《ひこうてい》の破片《はへん》をかきわけて、赤《あか》い宝石《ほうせき》を取《と》り出《だ》した。

マローナ姫《ひめ》は、とっさにメタナイトの前《まえ》に飛《と》び出《だ》して、手《て》を広《ひろ》げた。

「見《み》ちゃだめ、メタナイト！　目《め》をふせて！」

「姫《ひめ》……！」

「赤《あか》い宝石《ほうせき》が、こんなところに……！　なんてこと！」

姫《ひめ》が放《ほお》り投《な》げた宝石《ほうせき》は、丘《おか》の斜面《しゃめん》をてんてんと転《ころ》がり、とりでから遠《とお》くはなれたこんな場所《ばしょ》に落《お》ちていたのだった。

男爵《だんしゃく》は顔《かお》をかがやかせた。ヤリナイトコッタは赤《あか》い宝石《ほうせき》をさしだして、ほこらしげに言《い》った。

「オレが見《み》つけたんですよ、男爵様《だんしゃくさま》！　オレが、男爵様《だんしゃくさま》のために……！」

「うるさい、よこせ！」

ガリックはヤリナイトコッタの手《て》から、赤《あか》い宝石《ほうせき》をむしり取《と》った。

「ハハ……ハハハ！　なんという奇跡《きせき》！　早《はや》くも、返《かえ》ってきた！　我《わ》が輩《はい》のもとに、返《かえ》ってきたぞ！」

男爵《だんしゃく》は宝石《ほうせき》をかかげて、笑《わら》いながら小《こ》おどりした。

「やはり、我《わ》が輩《はい》からはなれたくないのだな、いとしいマリス・ストーンよ……」

ガリック男爵《だんしゃく》はうっとりして、宝石《ほうせき》にほおずりをした。

メタナイトは目《め》をふせて、言《い》った。

「——わかったぞ、ガリック」

「なんだと？」

「たしかに、その宝石《ほうせき》は、きさまからはなれたくないのだ。きさまは、べんりな家来《けらい》だからな」

「……何《なに》？」

「ガリック、きさまはその宝石《ほうせき》にあやつられている。宝石《ほうせき》の力《ちから》を利用《りよう》しているつもりだろうが、逆《ぎゃく》だ。きさまが宝石《ほうせき》に利用《りよう》されているのだ」

ガリックは、目《め》を見開《みひら》いて、メタナイトをにらんだ。

「バカなことを！　マリス・ストーンが、我《わ》が輩《はい》を利用《りよう》しているだと？」

「そう、きさまはその赤《あか》い石《いし》に取《と》りつかれているんだ。きさまが言《い》っただろう。宝《たから》をぬすむのは、宝石《ほうせき》に食《く》わせるためだと。私《わたし》の剣《けん》も、レシピブックも……人《ひと》がたいせつな思《おも》いをかけた宝物《たからもの》は、その石《いし》にとって、最高《さいこう》のごちそうなのだ」

「……なん……だと！」

「きさまが次々《つぎつぎ》にぬすみをはたらいたのは、自分《じぶん》の望《のぞ》みではない。ごちそうを求《もと》める宝石《ほうせき》にあやつられていただけなのだ」

「うる……さい！」

「きさまは、人々《ひとびと》をあやつっているんじゃない。きさま自身《じしん》があやつられているんだ。目《め》をさませ、ガリック！」

「バカなことを言《い》うな！」

ガリック男爵《だんしゃく》は顔《かお》をひきつらせ、ナイフをかまえた。

目《め》をふせていたメタナイトだが、その殺気《さっき》に気《き》づいた。

「ふせろ、マローナ姫《ひめ》！」

メタナイトは叫《さけ》んで顔《かお》を上《あ》げ、姫《ひめ》の前《まえ》に立《た》ちはだかった。

ガリックが投《な》げたナイフは、すべてたたき落《お》とした。

すばやく目《め》をとじたが――宝石《ほうせき》がはなった強《つよ》いかがやきが、メタナイトの目《め》に焼《や》きついてしまった。

「……！」

頭《あたま》の中《なか》がまっしろになるような、ふしぎな感《かん》じがした。

意識《いしき》がうすれそうになる。宝石《ほうせき》の力《ちから》に、負《ま》けてしまいそうだった。

メタナイトは、必死《ひっし》に、たいせつなものを思《おも》い浮《う》かべようとした。彼《かれ》が出会《であ》った人々《ひとびと》、ささやかだが楽《たの》しい思《おも》い出《で》、彼《かれ》にしたがう部下《ぶか》たち。

ガリック男爵《だんしゃく》は、笑《わら》い出《だ》した。

「あきらめたまえ、メタナイト君《くん》。マリス・ストーンの力《ちから》を受《う》け入《い》れれば、苦《くる》しむことなど何《なに》一つなくなるぞ！　我《わ》が輩《はい》と同《おな》じようにな！」

「ガリック……」

「楽《らく》になりたまえ、メタナイト君《くん》」

ガリックはたてつづけにナイフを投《な》げた。

メタナイトは目《め》をふせたまま、カンだけをたよりにして、ナイフをたたき落《お》とそうとしたが――。

無理《むり》だった。ガリックが投《な》げたナイフのうち、数本《すうほん》ははじくことができたが、もっともするどい一本《ぽん》がメタナイトの仮面《かめん》を直撃《ちょくげき》した。

仮面《かめん》は、音《おと》もなくわれた。

一瞬《いっしゅん》だけさらされた素顔《すがお》を、ガリック男爵《だんしゃく》は見《み》のがさなかった。

メタナイトはマントをかざして、顔《かお》をかくした。

「かくさなくてもいいんだよ、メタナイト君《くん》」

「……」

「素顔《すがお》をかくして生《い》きていくなんて、さぞかしつらいことだっただろうね。もう、そんな必要《ひつよう》はないんだ。仮面《かめん》はわれた。君《きみ》は自由《じゆう》だ。素顔《すがお》になって、我《わ》が輩《はい》と手《て》を組《く》みたまえ」

「……きさまと？」

「そうだ。君《きみ》とは、気《き》が合《あ》いそうな気《き》がする。我《わ》が輩《はい》とともに、この宇宙《うちゅう》じゅうの宝《たから》を手《て》

に入《い》れようではないか」

「……」

「自分《じぶん》の心《こころ》に、すなおになりたまえ、メタナイト君《くん》。部下《ぶか》なんかに、とらわれることはない。何《なに》もかも捨《す》てて、思《おも》うままに生《い》きればいい」

「思《おも》う……ままに、か」

「そうだ。君《きみ》の剣《けん》と、我《わ》が輩《はい》の知恵《ちえ》。この二つが合《あ》わされば、こわいものはない。宇宙《うちゅう》を征服《せいふく》することもできるぞ、メタナイト君《くん》！」

「……」

メタナイトは、剣《けん》をにぎる手《て》に力《ちから》をこめようとした。

けれど、力《ちから》が入《はい》らない。赤《あか》い宝石《ほうせき》のかがやきが、まだ目《め》に焼《や》きついていた。

(何《なに》も……かくさなくていい。部下《ぶか》のことも、気《き》にしなくていい。思《おも》うまま、自由《じゆう》に生《い》きれば……)

それは、とても魅力的《みりょくてき》なさそいに思《おも》えた。

メタナイトは、マントをかかげた手《て》を、ゆっくりおろそうとした。

そのとき、するどい叫《さけ》び声《ごえ》がひびきわたった。

「メタナイト！」

マローナ姫《ひめ》の声《こえ》だった。

姫《ひめ》は、メタナイトのマントに手《て》をかけて、思《おも》いっきりゆさぶった。

「しっかりして！　あんなヘナチョコ・インチキ・グズグズ野郎《やろう》と、仲間《なかま》になるなんて、冗談《じょうだん》じゃないわ！」

「だまれ、バカタレ姫《ひめ》が！」

ガリックがだまらせようとしたが、姫《ひめ》は大声《おおごえ》で叫《さけ》びつづけた。

「たいせつなことを思《おも》い出《だ》して！　あなたには部下《ぶか》がいるでしょ！　それに、あのまんまるピンクの子《こ》とか、えらそうな大王様《だいおうさま》とか！」

「……ソードナイト。ブレイドナイト。カービィ。デデデ大王《だいおう》……」

「そうよ！　みんなのこと、思《おも》い出《だ》して。ガリックと彼《かれ》ら、どっちが大事《だいじ》なの!?」

メタナイトは目《め》をとじた。記憶《きおく》が、つぎつぎによみがえってくる。

どんなにつらい戦《たたか》いになっても、彼《かれ》からはなれようとしなかった部下《ぶか》たちのこと。

バル艦長《かんちょう》とともに銀河《ぎんが》をかけめぐった、冒険《ぼうけん》の日々《ひび》。デデデ大王《だいおう》とカービィの気《き》ままな行動《こうどう》に振《ふ》り回《まわ》され、すっかり調子《ちょうし》がくるってしまった時《とき》のこと。

メタナイトは目《め》をあけ、剣《けん》をにぎる手《て》に力《ちから》をこめ直《なお》した。

ガリック男爵《だんしゃく》がいらだって、わめき散《ち》らした。

「そんなバカタレ姫《ひめ》の言葉《ことば》に耳《みみ》をかすな、メタナイト君《くん》！」

「だれがバカタレよ！」

「きさまだ、きさま！」

ガリックは、マローナ姫《ひめ》につかみかかろうとした。

メタナイトはマントをはね上《あ》げると、マローナ姫《ひめ》の前《まえ》に立《た》ちはだかり、ガリックに剣《けん》を突《つ》きつけた。

メタナイトと正面《しょうめん》から向《む》き合《あ》い、ガリックはあらあらしく言《い》った。

「むだなことは、やめたまえ、メタナイト君《くん》。君《きみ》は、マリス・ストーンの力《ちから》には、さからえない！」

ガリックは、手《て》のひらに赤《あか》い宝石《ほうせき》をのせて、メタナイトに突《つ》きつけた。

メタナイトは、目《め》をそむけようとはせず、ただ考《かんが》えつづけていた。

(ソードナイト。ブレイドナイト。バル艦長《かんちょう》。私《わたし》の部下《ぶか》たち……)

大好《だいす》きな食《た》べ物《もの》で頭《あたま》がいっぱいのカービィが、術《じゅつ》にかからなくてすんだように、大事《だいじ》なものだけを思《おも》い浮《う》かべていれば、赤《あか》い宝石《ほうせき》の力《ちから》に打《う》ち勝《か》てるはず。

そう考《かんが》えたものの、赤《あか》い石《いし》の力《ちから》は、やはり圧倒的《あっとうてき》に強《つよ》かった。

心《こころ》をもっていかれそうになってしまう。もはや、余裕《よゆう》はなかった。

メタナイトは、心《こころ》が敗《やぶ》れる前《まえ》に、思《おも》いきって赤《あか》い石《いし》に斬《き》りつけた。

「な……何《なに》をする！」

ガリックは、あわてて手《て》をひっこめた。

が、メタナイトの剣《けん》のほうが一瞬速《いっしゅんはや》かった。

剣先《けんさき》が、赤《あか》い宝石《ほうせき》をはね飛《と》ばしていた。

「うわっ！　我《わ》が輩《はい》のいとしいマリス・ストーンが……！」

赤《あか》い石《いし》が、ころころと転《ころ》がっていく。ガリックは石《いし》を追《お》いかけた。

メタナイトは大地《だいち》をけり、ガリックの頭上《ずじょう》を飛《と》びこえた。

動《うご》きを止《と》めた赤《あか》い宝石《ほうせき》が、ひときわ、かがやきを増《ま》した。数々《かずかず》の宝物《たからもの》から吸収《きゅうしゅう》してきた力《ちから》を、一気《いっき》にとき放《はな》つかのように。

もえあがる炎《ほのお》のような光《ひかり》が、あたり一帯《いったい》をおおいつくした。

「……！」

メタナイトの視界《しかい》も、まっかにそまった。意識《いしき》をうばわれる寸前《すんぜん》に、メタナイトは全身《ぜんしん》の力《ちから》をこめて、剣《けん》を振《ふ》り下《お》ろしていた。

赤《あか》い宝石《ほうせき》は、メタナイトの一撃《いちげき》を受《う》けて、こなごなにくだけ散《ち》った。

「う……うわぁぁぁぁ！」

かんだかい悲鳴《ひめい》が上《あ》がった。

ガリックが、頭《あたま》をかかえて、ひざからくずれ落《お》ちていた。

「なんて……なんてことを……我《わ》が輩《はい》……我《わ》が輩《はい》の……いとしい……あああ！」

メタナイトは剣《けん》をおさめ、宝石《ほうせき》のかけらを見下《みお》ろした。

石《いし》のかけらは、まるで呼吸《こきゅう》をするように、光《ひかり》を強《つよ》めたり弱《よわ》めたりしている。

けれど、その光《ひかり》は少《すこ》しずつうすれ、やがて消《き》えていった。

多《おお》くの人《ひと》をあやつり、苦《くる》しめてきた魔《ま》の石《いし》は、つめたいかけらになって、散《ち》らばっていた。

「……メタナイト」

遠慮《えんりょ》がちな声《こえ》がした。

メタナイトはふたたびマントをかざし、素顔《すがお》をかくした。

マローナ姫《ひめ》が、メタナイトの背後《はいご》に歩《あゆ》み寄《よ》った。

「……こわしたのね？　もう、あの赤《あか》い石《いし》はないのね？」

「ああ」

マローナ姫《ひめ》は、泣《な》きくずれているガリックに歩《あゆ》み寄《よ》り、レシピブックを取《と》り上《あ》げた。ガリックは、抵抗《ていこう》しなかった。

赤《あか》んぼうのように、声《こえ》を上《あ》げて泣《な》いている。石《いし》をうしなって、自分《じぶん》の心《こころ》までうしなってしまったようだった。

「……あわれなやつだ」

メタナイトがつぶやいた。

と、そのとき。

「あ、あれ～!?　ここ、どこ!?」

すっとんきょうな声《こえ》がした。

ガリックの手下《てした》の、ヤリナイトコッタだった。彼《かれ》はあたりをキョロキョロ見回《みまわ》して、困《こま》ったように言《い》った。

「オレ、なんで、こんなところにいるんだ？　どこだよ、ここ……」

「あなた」

マローナ姫《ひめ》が声《こえ》をかけると、ヤリナイトコッタはびくっとして飛《と》び上《あ》がった。

「な、なに!?　あんた、だれ!?」

「ひょっとして、覚《おぼ》えてないの？　ガリックにこき使《つか》われてたこと……」

「ガリック？　だれだよ、それ！」

「……なるほど。石《いし》がこわれたから、術《じゅつ》がとけたのね」

ヤリナイトコッタは、手《て》にしたやりを振《ふ》り回《まわ》して、叫《さけ》んだ。

「こうしちゃいられない。オレ、帰《かえ》らなくちゃ。セブントピアへ！」

「……セブントピア？」

「クレイシア様《さま》におこられちゃう！　さ、帰《かえ》ろ、帰《かえ》ろ」

ヤリナイトコッタは、すたこらと駆《か》け出《だ》して行《い》ってしまった。

マローナ姫《ひめ》は、あきれて、つぶやいた。

「なんだったのかしら、あいつ。どうやら、よその星《ほし》からガリックが連《つ》れてきたみたいだけど……どう思《おも》う、メタナイト？」

返事《へんじ》がないので、マローナ姫《ひめ》は、振《ふ》り返《かえ》った。

メタナイトの姿《すがた》は、なかった。

9 仮面《かめん》をはずして

「メタナイト……メタナイト！　どこにいるの？　メタナイト！」

マローナ姫《ひめ》は、メタナイトを探《さが》して歩《ある》き回《まわ》った。

いつしか、姫《ひめ》はうす暗《ぐら》い森《もり》に足《あし》をふみ入《い》れていた。

聞《き》こえるのは、葉《は》がこすれる音《おと》と、自分《じぶん》の足音《あしおと》だけ。

姫《ひめ》は、だんだん心細《こころぼそ》くなってきた。

「メタナイト……」

すると、そのとき、声《こえ》がひびいた。姫《ひめ》の頭上《ずじょう》から。

「足元《あしもと》に気《き》をつけたまえ。そこは土《つち》がしめっていて、すべりやすいぞ」

「……！　メタナイト!?」

姫《ひめ》は足《あし》を止《と》めて、上《うえ》を見《み》た。

葉《は》をしげらせた木《き》の枝《えだ》が、みっしりと重《かさ》なり合《あ》っている。メタナイトの姿《すがた》は見《み》えなかった。

「木《き》の上《うえ》にいるのね？　下《お》りてきてよ、メタナイト」

「ことわる。この森《もり》を抜《ぬ》けるまで、あなたを護衛《ごえい》する。そのまま、まっすぐ歩《ある》くがいい」

「姿《すがた》を見《み》せてくれなきゃ、歩《ある》かないわ」

姫《ひめ》は言葉《ことば》どおり、木《き》の根元《ねもと》に座《すわ》りこんでしまった。

「勝手《かって》にしたまえ」

メタナイトは、下《お》りてこようとはしなかった。

姫《ひめ》はしばらくだまっていたが、何《なに》も聞《き》こえてこないので、言《い》った。

「……メタナイト？　まだ、そこにいる？」

「ああ」

「下《お》りてきてくれないと、わたし、ずっとここに座《すわ》ってるわよ？」

「勝手《かって》にしろと言《い》っている」

どうやら、根《こん》くらべでは、メタナイトのほうが強《つよ》そうだった。

姫《ひめ》はあきらめて立《た》ち上《あ》がり、歩《ある》き出《だ》した。

姫《ひめ》の歩《あゆ》みに合《あ》わせて、メタナイトは音《おと》も立《た》てずに移動《いどう》した。

「ねえ、メタナイト。わたし、ふしぎに思《おも》ってることがあるんだけど」

「なんだ」

「結局《けっきょく》、ガリックも、あの石《いし》の力《ちから》にあやつられていたのよね。だけど、石《いし》の力《ちから》は、何度《なんど》も使《つか》うと効果《こうか》が切《き》れるはずよ。わたしが証拠《しょうこ》だわ」

「ふむ」

「どうしてガリックは、ずっとあやつられたままだったのかしら？」

「あなたとガリックとでは、心《こころ》の強《つよ》さがちがうのだろう」

「強《つよ》さ？　わたし、べつに強《つよ》くないけど……」

「あなたには、たいせつにしている人《ひと》や記憶《きおく》がたくさんある。あの宝石《ほうせき》は、そういう人物《じんぶつ》が大《だい》の苦手《にがて》だったのだ。反対《はんたい》に、ガリックのように自分《じぶん》しか愛《あい》せない者《もの》は、いつまでも宝《ほう》石《せき》の術《じゅつ》からのがれられなかった」

姫《ひめ》は考《かんが》えこんでしまった。それからしばらく、二人《ふたり》は無言《むごん》だった。

森《もり》の出口《でぐち》が近《ちか》づいてきた。姫《ひめ》は口《くち》をひらいた。

「メタナイト。あなたはどうして、いつも仮面《かめん》をかぶっているの？」

答《こた》えはなかった。

姫《ひめ》はつづけた。

「だれにも素顔《すがお》を見《み》られたくないの？　何《なに》か、ひみつがあるの？」

「ひみつのない者《もの》など、いないさ。あなたも、ほんとうの自分《じぶん》をかくしつづけてきたのだろう」

姫《ひめ》は足《あし》を止《と》めた。

「……ええ。お父様《とうさま》や侍女《じじょ》たちが、ほんとうのわたしを知《し》ったら、きっと悲《かな》しむわ。だれよりも上品《じょうひん》でおとなしいはずの王女《おうじょ》が、こんな乱暴者《らんぼうもの》だった……なんてね」

「あなたには勇気《ゆうき》がある。それに、とても父親思《ちちおやおも》いだ」

静《しず》かな声《こえ》で言《い》われて、マローナ姫《ひめ》はびっくりした。そして、照《て》れた。

「ふ、ふん……あなたにほめられるなんて、思《おも》わなかったわ！」

「べつに、ほめたつもりはない。思《おも》ったことを言《い》ったまでだ」

「……メタナイト。わたし、やっぱり王宮《おうきゅう》に帰《かえ》ろうかな」

マローナ姫《ひめ》は、まよいの晴《は》れた表情《ひょうじょう》で言《い》った。

「ガリックのやつが、お父様《とうさま》を暗殺《あんさつ》するって言《い》ったとき、クラクラするくらい腹《はら》が立《た》ったの。あなたの言《い》うとおり……わたしには、守《まも》りたい、たいせつな人《ひと》がいるんだわ」

「ふむ」

「ガリックにあやつられて、お父様《とうさま》にずいぶんひどいことを言《い》ってしまった。あやまらなければ。そして、お父様《とうさま》のお誕生日《たんじょうび》のお祝《いわ》いをするわ」

「それがいい」

「でもね、もう、前《まえ》みたいに上品《じょうひん》なふりをするのはやめる！　大声《おおごえ》で笑《わら》ったり、歌《うた》ったりする。ケーキだって、大《おお》きな口《くち》をあけて、おなかいっぱい食《た》べる。お父様《とうさま》はあきれるかもしれないし、侍女《じじょ》は頭《あたま》をかかえるかもしれない。でも、かまわないわ。わたし……」

マローナ姫《ひめ》は木《き》の枝《えだ》を見上《みあ》げて、つづけた。

「仮面《かめん》をはずして、素顔《すがお》をみんなに見《み》せるわ」

「……ああ」

「メタナイト。わたし、前《まえ》に、あなたのこと自由気《じゆうき》ままに生《い》きてるって言《い》ったけど……あれは、まちがいだった？　ほんとうのあなたは……」

「この先《さき》は、一人《ひとり》でだいじょうぶだろう」

メタナイトは姫《ひめ》の言葉《ことば》をさえぎった。森《もり》の出口《でぐち》は、すぐそこだった。

「もう危険《きけん》はない。王宮《おうきゅう》への道《みち》はわかるな」

「……ええ」

「行《い》きたまえ」

メタナイトは気配《けはい》を消《け》した。

姫《ひめ》はしっかりうなずき、森《もり》を出《で》て、歩《ある》き出《だ》した。


マローナ姫《ひめ》が歩《ある》きつづけて王宮《おうきゅう》にたどりついたのは、日《ひ》がくれた後《あと》のことだった。

姫《ひめ》は、門番《もんばん》が守《まも》っている正門《せいもん》をさけ、裏庭《うらにわ》のへいを乗《の》りこえて城《しろ》に入《はい》った。

足音《あしおと》をしのばせ、国王《こくおう》の寝室《しんしつ》へ。

国王《こくおう》メレンゲール十三世《せい》は、大《おお》きなベッドに横《よこ》たわっていた。

姫《ひめ》は、テーブルの上《うえ》にレシピブックを置《お》くと、ベッドに歩《あゆ》み寄《よ》って、父王《ちちおう》を見《み》つめた。

「……ごめんなさい、お父様《とうさま》」

小声《こごえ》で言《い》って、そっとベッドからはなれようとしたとき。

メレンゲール十三世《せい》が、目《め》をひらいた。

「……マローナ？」

姫《ひめ》はあわてて身《み》をひるがえそうとしたが、国王《こくおう》は起《お》き上《あ》がって、姫《ひめ》を呼《よ》び止《と》めた。

「マローナではないか。もどってきてくれたのか……！」

「……お父様《とうさま》」

「ケガはないか？　だいじょうぶか？」

メレンゲール十三世《せい》は目《め》になみだをうかべて、むすめの手《て》を取《と》った。

マローナ姫《ひめ》は、父王《ちちおう》の手《て》をにぎりしめて、言《い》った。

「ごめんなさい、お父様《とうさま》。わたし、お父様《とうさま》にひどいことを言《い》ってしまって……」

「いや、悪《わる》いのはガリックだ。おまえは、あの男《おとこ》にあやつられていただけだろう」

「……そうじゃないの」

マローナ姫《ひめ》は、こみあげてくるなみだを、こらえきれなかった。

顔《かお》をふせてなきながら、姫《ひめ》は言《い》った。

「ガリックはたしかに悪《わる》いやつだったけど、わたしが悪《わる》いことをしたのは、あいつのせいじゃないの。わたし自身《じしん》のせいなの」

「マローナ……？」

「わたし、王宮《おうきゅう》のくらしがきゅうくつで……心《こころ》の中《なか》で、にげ出《だ》したいと思《おも》っていたの。王《おう》宮《きゅう》から……お父様《とうさま》から、はなれたかったの」

「……」

「その心《こころ》のすきを、ガリックにねらわれたんだわ。悪《わる》いのは、わたしなの。ごめんなさい、お父様《とうさま》」

「マローナ」

王《おう》は手《て》をのばして、姫《ひめ》の頭《あたま》をなでた。

「そうだったのか……かわいそうに。わしが、言《い》ってやれば良《よ》かったのだな」

「……え？」

「おまえが無理《むり》をしていることは、わかっていたのだ。もっと自由《じゆう》にしていいと、言《い》ってやりたかった。だが、りっぱな王女《おうじょ》になろうとがんばっているおまえに、よけいなことを言《い》わないほうが良《よ》いと思《おも》っていた。それが、おまえを苦《くる》しめていたのだな」

「お父様《とうさま》……」

「すまなかった、マローナ」

マローナ姫《ひめ》は、父《ちち》にだきついて、大《おお》つぶのなみだをこぼした。

10 姫《ひめ》との別《わか》れ

メレンゲール十三世《せい》の誕生日《たんじょうび》パーティは、これまでにないくらい盛大《せいだい》に、豪華《ごうか》におこなわれた。

王宮《おうきゅう》の広間《ひろま》には、招待《しょうたい》された客《きゃく》がおおぜい押《お》しかけた。メレンゲール十三世《せい》にお祝《いわ》いを言《い》うための行列《ぎょうれつ》が、長《なが》く長《なが》く、王宮《おうきゅう》の外《そと》にまでのびるほどだった。

王宮《おうきゅう》の庭《にわ》は、市民《しみん》たちのために開《あ》け放《はな》たれ、数百種類《すうひゃくしゅるい》ものケーキが無料《むりょう》でくばられている。集《あつ》まった市民《しみん》たちは、口々《くちぐち》に「王様《おうさま》、ばんざい」と叫《さけ》んでいた。

この日《ひ》のために用意《ようい》されたケーキは、王立《おうりつ》ケーキ工場《こうじょう》のパティシエたちが、腕《うで》によりをかけて作《つく》ったもの。あの国宝《こくほう》のレシピブックをもとに作《つく》られた、極上《ごくじょう》のケーキばかりだった。

「キャホホホホーイ！　なんというおいしさ！　これほどのケーキを用意《ようい》してしまうとは、オレ様《さま》の才能《さいのう》がおそろしいわい！」

自画自賛《じがじさん》しながら、手当《てあ》たりしだいにケーキにかじりついているのは、デデデ大王《だいおう》。

侍女《じじょ》が、あきれた口調《くちょう》でたしなめた。

「ケーキを作《つく》ったのは、パティシエたちです。あなたは、あーだこーだ口出《くちだ》しをしていただけじゃありませんか」

「うるさいわい。どのケーキを何個《なんこ》作《つく》るか、じっくり計画《けいかく》をねって、パティシエたちに注《ちゅう》文《もん》したのは、このオレ様《さま》だぞ」

「あなたは、『シュークリーム百万個《まんこ》、ショートケーキ百万個《まんこ》、チョコレートケーキは三百万個《まんこ》にしろ』……とかいう、めちゃくちゃな命令《めいれい》を出《だ》してただけと聞《き》いてますわ。ちゃんとはたらいていたのは、ワドルディ君《くん》だとか」

「ワドルディの手《て》がらは、オレ様《さま》の手《て》がらだわい！　とにかく、今日《きょう》のパーティの主役《しゅやく》はオレ様《さま》だからな」

「主役《しゅやく》は国王陛下《こくおうへいか》ですっ！」

食欲全開《しょくよくぜんかい》のデデデ大王《だいおう》にくらべて、カービィはめずらしく元気《げんき》がなかった。

こんなにたくさんのケーキがならんでいるというのに、ほとんど食《た》べようとしない。こんなカービィは、はじめてだった。

事件《じけん》が解決《かいけつ》し、マローナ姫《ひめ》もレシピブックも無事《ぶじ》にもどってきたというのに、カービィはずっとこんな調子《ちょうし》。

ワドルディは、心配《しんぱい》でならなかった。

「カービィ、ケーキ食《た》べないの？　すっごく、おいしいよ……」

「……」

「メタナイト様《さま》のことが心配《しんぱい》なんだね」

カービィはうなずいた。

「お姫様《ひめさま》が言《い》ってたよね。ガリックのナイフで、仮面《かめん》をわられちゃったって。メタナイトが戻《もど》ってこないのは、そのせいなのかな……」

カービィは、しょんぼりとうつむいてしまった。

「ブレイドナイトとソードナイトは、心配《しんぱい》しすぎて、ねこんじゃったよ。どうしよう、ワドルディ。もしもこのまま、メタナイトがいなくなっちゃったら……」

ワドルディは、力《ちから》をこめて言《い》った。

「そんなことない！　きっと、このパーティに来《き》てくれるはずだよ！」

「……でも」

「メタナイト様《さま》は、コックカワサキに焼《や》き菓子《がし》を注文《ちゅうもん》してたよ。だから、パーティをすっぽかすはず、ないよ」

「……そうかしら……？」

と、横《よこ》から口《くち》をはさんだのは、マローナ姫《ひめ》だった。

姫《ひめ》もやはり、元気《げんき》がなかった。頭《あたま》に大《おお》きなリボンをつけ、きれいに着《き》かざっているものの、表情《ひょうじょう》はしずみこんでいる。

「わたしが悪《わる》かったんだわ。あのとき、もっとがんばって、メタナイトを引《ひ》き止《と》めればよかった」

「お姫様《ひめさま》は悪《わる》くないよ……」

「今《いま》ごろ、どこで、何《なに》をしてるのかしら……お父様《とうさま》も、とても心《こころ》をいためているわ」

「なーに、心配《しんぱい》いらんわい」

デデデ大王《だいおう》が、ケーキをぱくぱく口《くち》に放《ほう》りこみながら言《い》った。

「やつのことだ。何《なに》ごともなかったように、かっこをつけてフラッとあらわれるに決《き》まっとるわい」

マローナ姫《ひめ》が、デデデ大王《だいおう》をにらんだ。

「なんてつめたい言《い》い方《かた》をするのよ！　あなたはメタナイトが心配《しんぱい》じゃないの？」

「ぜんぜん。仮面《かめん》の一つや二つ、わられたぐらいで、めそめそするものか。メタナイトは、そんな弱虫《よわむし》じゃないわい」

「ほう。光栄《こうえい》だな、デデデ大王《だいおう》にそう言《い》ってもらえるとは」

急《きゅう》に後《うし》ろから声《こえ》をかけられて、デデデ大王《だいおう》は飛《と》び上《あ》がった。

花《はな》たばをかかえて、メタナイトが立《た》っていた。その後《うし》ろに、大《おお》きなはこを持《も》ったコックカワサキもいる。

メタナイトの顔《かお》は、もちろん、ふだんどおり仮面《かめん》にかくされていた。

「メタナイト――！」

カービィが叫《さけ》んで、メタナイトに飛《と》びついた。

「おっと、やめてくれ、カービィ。花《はな》たばが、つぶれてしまう」

「よかったぁ！　今《いま》まで、どこに行《い》ってたの!?　みんな、心配《しんぱい》してたんだよ！」

「すまない。コックカワサキをむかえに行《い》っていたのだ」

「研究《けんきゅう》に研究《けんきゅう》をかさねて、最高《さいこう》の焼《や》き菓子《がし》が完成《かんせい》したよ！」

コックカワサキは、得意《とくい》げにむねを張《は》った。

それを聞《き》くと、カービィはメタナイトのことなどわすれたかのように、コックカワサキに飛《と》びついた。

「ほんと!?　そのはこに入《はい》ってるの!?　早《はや》くあけて、あけて！」

「ダメだよ、カービィ！　これは、誕生日《たんじょうび》プレゼントなんだから！」

コックカワサキはあわててはこを抱《だ》きかかえ、カービィから守《まも》った。

そこへ、メレンゲール十三世《せい》が歩《あゆ》み寄《よ》ってきた。王《おう》は両手《りょうて》を広《ひろ》げて、メタナイトをむかえた。

「メタナイト殿《どの》！　無事《ぶじ》であったか！　行方不明《ゆくえふめい》と聞《き》いて、心配《しんぱい》していたのだぞ！」

「申《もう》し訳《わけ》ない、王《おう》よ。少々《しょうしょう》、ややこしい事情《じじょう》があったのだ」

メタナイトは花《はな》たばを差《さ》し出《だ》した。メレンゲール十三世《せい》は、それを受《う》け取《と》って、うなずいた。

「うむ、何《なに》も聞《き》くまい。そなたは姫《ひめ》の恩人《おんじん》、そしてこのシフォン星《せい》の恩人《おんじん》だ。心《こころ》から、礼《れい》を言《い》うぞ」

「誕生日《たんじょうび》パーティに間《ま》に合《あ》って良《よ》かった。王《おう》よ、ププランド一《いち》の料理人《りょうりにん》、コックカワサキが作《つく》った焼《や》き菓子《がし》を受《う》け取《と》ってくれ」

コックカワサキが、緊張《きんちょう》したおももちで進《すす》み出《で》て、メレンゲール十三世《せい》にうやうやしくはこを渡《わた》した。

リボンをほどき、はこをあけたメレンゲール十三世《せい》は、「ほほう」とうなって、顔《かお》をほころばせた。

「なんとおいしそうな焼《や》き菓子《がし》！　わしの大好物《だいこうぶつ》のリンゴとクルミが、たっぷり使《つか》われている」

メレンゲール十三世《せい》は菓子《かし》をひと口《くち》食《た》べて、大《おお》きくうなずいた。

「実《じつ》にうまい！　これは、わがシフォン星《せい》の菓子《かし》にも負《ま》けておらぬぞ」

「あ、ありがとうございます！」

コックカワサキは、うれしさのあまり、顔《かお》をまっかにした。

「ぼくにもー！　ぼくにもちょうだい！」

「オレ様《さま》にもだ！」

カービィとデデデ大王《だいおう》が、あらそうように手《て》をのばしたが、横《よこ》からさっと別《べつ》の手《て》がのびて、はこをうばってしまった。マローナ姫《ひめ》だ。

「わあ、なんておいしそうなの！　いただきまーす！」

言《い》うが早《はや》いか、姫《ひめ》は大《おお》きく口《くち》をあけ、焼《や》き菓子《がし》をほおばった。

「あまーい！　最高《さいこう》ね！」

「ひ、姫様《ひめさま》！　なんて、はしたない！」

侍女《じじょ》があわてふためいて、姫《ひめ》のドレスを引《ひ》っぱり、小声《こごえ》で注意《ちゅうい》した。

「おおぜいの来客《らいきゃく》の前《まえ》で、そんなに大《おお》きく口《くち》をあけるなんて！　シフォン星《せい》の王女《おうじょ》として、ふさわしくありませんわ」

「こうやって食《た》べたほうが、おいしいわよ」

「いけません！　ちゃんと席《せき》について、ナイフとフォークを使《つか》って、小《ちい》さく小《ちい》さく切《き》り分《わ》けて……」

「いいじゃないの、ねえさん」

のんびりとそう言《い》ったのは、侍女《じじょ》の妹《いもうと》の、侍女《じじょ》見習《みなら》いだった。

「姫様《ひめさま》の思《おも》うとおりにすればいいと思《おも》うわ」

「おまえは、だまっていなさい」

「以前《いぜん》の姫様《ひめさま》は、上品《じょうひん》すぎて近《ちか》よりがたい感《かん》じだったから、わたしは今《いま》の姫様《ひめさま》のほうがいいと思《おも》う。姫様《ひめさま》のまわりが、前《まえ》より明《あか》るくなったみたいな気《き》がするわ」

そう聞《き》いて、マローナ姫《ひめ》はにっこりした。

姫《ひめ》の笑顔《えがお》を見《み》ると、メレンゲール十三世《せい》の顔《かお》もほころんだ。

「マローナの笑顔《えがお》が、わしにとって何《なに》よりのよろこびだ。さあ、ケーキをどんどん運《はこ》ぶがいい。みな、遠慮《えんりょ》せずに、好《す》きなだけ食《た》べてくれ」

「わ〜い！」

カービィは大《おお》よろこび。運《はこ》びこまれてきたケーキに、さっそく飛《と》びついた。メタナイトが無事《ぶじ》に戻《もど》ってきたので、すっかりいつもどおりの元気《げんき》と食欲《しょくよく》を取《と》り戻《もど》している。

デデデ大王《だいおう》も、もちろん負《ま》けていない。

「キャホホ～イ！　なんというパラダイス！　オレ様《さま》、ププランドの支配者《しはいしゃ》をやめて、シフォン星《せい》の支配者《しはいしゃ》になりたいわい」

「だめです～、大王様《だいおうさま》！」

ワドルディがあわてて止《と》める。

マローナ姫《ひめ》も、カービィたちといっしょに思《おも》うぞんぶんケーキを平《たい》らげていたが、ふと気《き》づいて手《て》を止《と》めた。

メタナイトは、いつのまにか、姿《すがた》を消《け》していた。

王宮《おうきゅう》の裏庭《うらにわ》で、マローナ姫《ひめ》はメタナイトを見《み》つけた。

噴水《ふんすい》のほとりに、静《しず》かに座《すわ》っている。

王宮《おうきゅう》は、誕生日《たんじょうび》パーティの客《きゃく》であふれ返《かえ》っているが、この裏庭《うらにわ》には人気《ひとけ》がなかった。

「……メタナイト。ここにいたのね」

姫《ひめ》が遠慮《えんりょ》がちに声《こえ》をかけると、メタナイトはうなずいた。

「気《き》を悪《わる》くしないでほしい。にぎやかな場所《ばしょ》が苦手《にがて》なのだ」

「もちろん、気《き》を悪《わる》くしたりしないわ。わたしも、食《た》べつかれちゃった」

姫《ひめ》は、メタナイトのとなりに腰《こし》をおろした。

「あれから、王宮《おうきゅう》の兵《へい》たちがガリックをとらえたの。今《いま》は、牢屋《ろうや》に入《はい》ってるわ」

「……そうか」

「目《め》がうつろで、何《なに》も話《はな》そうとしないそうよ。赤《あか》い宝石《ほうせき》をうしなって、すっかり力《ちから》がぬけてしまったみたい」

「あわれなヤツだな。もう、二度《にど》と悪《わる》さをすることはあるまい」

「ええ。あのね……メタナイト」

姫《ひめ》は、もじもじしながら言《い》った。

「わたし、お父様《とうさま》と仲直《なかなお》りをしたの。お父様《とうさま》は、わたしをゆるしてくださった」

「王《おう》は最初《さいしょ》から、怒《おこ》ってなどいないさ。あなたを心配《しんぱい》していただけだ」

「侍女《じじょ》たちも、ケーキ工場《こうじょう》のパティシエたちも、わたしが戻《もど》ってきたことを心《こころ》からよろこんでくれた。わたしのことを、こんなに大事《だいじ》に思《おも》ってくれる人《ひと》たちがいるんだって、はじめてわかったわ。わたしも、みんなを大事《だいじ》にしたい」

「ああ」

「わたし、ケーキ作《づく》りの勉強《べんきょう》をしようと思《おも》うの」

姫《ひめ》は、声《こえ》を小《ちい》さくして打《う》ち明《あ》けた。

「みんなによろこんでもらえるような、おいしいケーキを作《つく》るパティシエをめざすわ」

「あなたはいずれ、王《おう》のあとをつぎ、この国《くに》の女王《じょおう》になるのではないのか？」

「そんな先《さき》のこと、わからないわ。それに、パティシエの資格《しかく》をもった女王《じょおう》も、悪《わる》くないでしょ。わが国《くに》はお菓子《かし》の王国《おうこく》なんだから」

「なるほどな」

メタナイトの声《こえ》が、やわらいだ。

「……メタナイト。わたしがこんな気持《きも》ちになれたのは、あなたのおかげ……」

姫《ひめ》が、あらたまって礼《れい》を言《い》いかけたとき、大《おお》きな声《こえ》がひびきわたった。

「メタナイト様《さま》――！」

「よくぞ、ご無事《ぶじ》で――！」

ブレイドナイトとソードナイトだった。二人《ふたり》は、転《ころ》がるように走《はし》り寄《よ》ってきた。

「俺《おれ》たち、メタナイト様《さま》のことが心配《しんぱい》で、ねこんでいたのですが！」

「メタナイト様《さま》が王宮《おうきゅう》にもどられたって聞《き》いて、すっとんできたんです！」

「ああ、すまない。心配《しんぱい》をかけたな」

メタナイトは立《た》ち上《あ》がった。

「では、行《い》こう」

「え？　もう行《い》っちゃうの？」

マローナ姫《ひめ》が、おどろいてたずねた。

「王《おう》に、花《はな》たばと焼《や》き菓子《がし》をわたすことができたからな。用《よう》はすんだ」

「……そう」

マローナ姫《ひめ》は、さびしそうにうなずいた。

ブレイドナイトがたずねた。

「メタナイト様《さま》、カービィとデデデ大王《だいおう》はどうしますか？　呼《よ》んできましょうか？」

「いや、ほうっておけ。どうせケーキに目《め》がくらんで、帰《かえ》ろうと言《い》っても聞《き》かないだろうからな。ワドルディとコックカワサキだけ、連《つ》れて帰《かえ》ろう」

「……そうですね」

「マローナ姫《ひめ》、パーティがすんだら、二人《ふたり》をプププランドに送《おく》り返《かえ》してやってくれ。積《つ》み荷《に》あつかいでかまわないから」

「わかったわ」

「では、さらばだ」

背《せ》を向《む》けたメタナイトに、マローナ姫《ひめ》は言《い》った。

「わたし、必《かなら》ず、りっぱなパティシエになる。そうしたら、また……遊《あそ》びにきてね、メタナイト」

メタナイトは足《あし》を止《と》めて、振《ふ》り返《かえ》った。

「うむ。楽《たの》しみにしているぞ、マローナ姫《ひめ》」

メタナイトは、二人《ふたり》の部下《ぶか》を連《つ》れて、歩《あゆ》み去《さ》った。

「……さよなら。ありがとう、メタナイト」

マローナ姫《ひめ》は、メタナイトにはとどかないくらい小《ちい》さな声《こえ》でわかれを告《つ》げて、にぎやかな王宮《おうきゅう》へと戻《もど》って行《い》った。

角川つばさ文庫

高瀬美恵／作

東京都出身、O型。代表作に角川つばさ文庫『どうぶつと魔法の街 不思議なお姫様、来る！』「GIRLS MODE」シリーズなど。ライトノベルやゲームのノベライズ、さらにゲームのシナリオ執筆でも活躍中。

苅野タウ・ぽと／絵

東京都在住。姉妹イラストレーター。「ディズニーさがしカフェ」「らぶ♥キャラ」などで、キャラクターの描きおろしイラストやマンガを手掛けている。

角川《かどかわ》つばさ文庫《ぶんこ》

星《ほし》のカービィ

メタナイトとあやつり姫《ひめ》

作《さく》　高瀬美恵《たかせみえ》
絵《え》　苅野《かりの》タウ・ぽと

2015年２月15日　初版発行
2022年１月15日　32版発行

発行者　青柳昌行
発　行　株式会社KADOKAWA
〒102-8177　東京都千代田区富士見 2-13-3
電話　0570-002-301（ナビダイヤル）
印　刷　株式会社KADOKAWA
製　本　株式会社KADOKAWA
装　丁　ムシカゴグラフィクス

ISBN978-4-04-631483-3　C8293　　N.D.C.913　214p　18cm

●お問い合わせ
https://www.kadokawa.co.jp/（「お問い合わせ」へお進みください）
※内容によっては、お答えできない場合があります。
※サポートは日本国内のみとさせていただきます。
※Japanese text only

読者のみなさまからのお便りをお待ちしています。下のあて先まで送ってね。
いただいたお便りは、編集部から著者へおわたしいたします。

〒102-8177　東京都千代田区富士見 2-13-3　角川つばさ文庫編集部

角川つばさ文庫発刊のことば

角川グループでは『セーラー服と機関銃』(81)、『時をかける少女』(83・06)、『ぼくらの七日間戦争』(88)、『リング』(98)、『ブレイブ・ストーリー』(06)、『バッテリー』(07)、『DIVE!!』(08)など、角川文庫と映像とのメディアミックスによって、「読書の楽しみ」を提供してきました。

角川文庫創刊60周年を期に、十代の読書体験を調べてみたところ、角川グループの発行するさまざまなジャンルの文庫が、小・中学校でたくさん読まれていることを知りました。

そこで、文庫を読む前のさらに若いみなさんに、スポーツやマンガやゲームと同じように「本を読むこと」を体験してもらいたいと「角川つばさ文庫」をつくりました。

読書は自転車と同じように、最初は少しの練習が必要です。しかし、読んでいく楽しさを知れば、どんな遠くの世界にも自分の速度で出かけることができます。それは、想像力という「つばさ」を手に入れたことにほかなりません。

「角川つばさ文庫」では、読者のみなさんといっしょに成長していける、新しい物語、新しいノンフィクション、角川グループのベストセラー、ライトノベル、ファンタジー、クラシックスなど、はば広いジャンルの物語に出会える「場」を、みなさんとつくっていきたいと考えています。

読んだ人の数だけ生まれる豊かな物語の世界。そこで体験する喜びや悲しみ、くやしさや恐ろしさは、本の世界の出来事ではありますが、みなさんの心を確実にゆさぶり、やがて知となり実となる「種」を残してくれるでしょう。

かつての角川文庫の読者がそうであったように、「角川つばさ文庫」の読者のみなさんが、その「種」から「21世紀のエンタテインメント」をつくっていってくれたなら、こんなにうれしいことはありません。

物語の世界を自分の「つばさ」で自由自在に飛び、自分で未来をきりひらいていってください。

ひらけば、どこへでも。――角川つばさ文庫の願いです。

角川つばさ文庫編集部

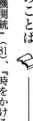